Der Putsch

– Ein postfaktisches Historiendrama –

Verlagslabel: Vipern
Druck und Distribution im Auftrag des Verlags:
Vipern, Volksdorfer Str. 5, 22081 Hamburg Hamburg, Germany

verfasst von Fragenius K. Kleistersturm
im langen Sommer 2022

L'histoire qui se répète devient une farce.
La farce qui se répète se transforme en histoire.
Jean Baudrillard

Dramatis Personae*

Adolf "Wolf" Hitler, Vorsitzender der NSDAP
Erich General von Ludendorff
Ernst Pöhner, Oberstlandesgerichtsrat und füherer Polizeipräsident
Hermann Esser, Propagandaleiter der NSDAP
Max-Erwin von Scheubner-Richter, Finanzchef der NSDAP
Theodor von der Pfordten, Oberstlandesgerichtsrat
Hermann Göring, Milizkommandeur
Ernst Röhm, Anführer des Bunds Reichskriegsflagge
Friedrich Weber, Anführer des Bunds Oberland

Martha Müller, eine einfache Frau
Hans Wüst, ein einfacher Mann
Ernst Hanfstaengl, ein Freund Hitlers
Helene Hanfstaengl, seine Frau
Walter Schultze, ein Arzt

Ein Bote

Gustav Ritter von Kahr, Generalstaatskommissar
Hans Ritter von Seißer, Oberst der bayerischen Landespolizei
Otto von Lossow, Generalleutnant Wehrkreis VII, Bayern
Eugen Ritter von Knilling, bayer. Ministerpräsident und Außenminister

Kardinal Michael von Faulhaber
Franz Matt, bayer. Kultusminister und stellvertretender Ministerpräsident
Michael Freiherr von Godin, Kommandant der bayerischen Landespolizei

Polizisten, Protestler, Politiker und Massen

*Anmerkung:
Einer diversen Besetzung steht grundsätzlich nichts zuwider.

Akt 1

Szene 1: Das Wanken der Welt

HITLER
Sie kennen mich, nicht wahr? —
Als wäre ich Ihnen schon einmal begegnet. Mein Ruf eilt meiner
Ankunft botmäßig voraus.
Das erleichtert und beschleunigt mir den Einstieg: Ich bin ein Mann
der Tat! Kein Drückeberger oder Grübler, sondern überzeugter
Visionär. Täuschen Sie sich durch Ihre Vorurteile nicht! Ich werde die
Erwartungen an mich mühelos in den Schatten stellen. Ich weiß
genau, dass Sie nur dafür gekommen sind — um sich beeindrucken
zu lassen. Einem solchen Schauspiel wohnt man ganz gewiss nicht
alle Tage bei.
Lassen Sie uns also sofort zur Sache der Stunde kommen, genug
der Formalitäten! Die Welt kennt mich als Demagogen. Aber ich
rede nur nach dem Mund der Leute. Sie wissen es selbst, in dieser
Zeit ist nicht viel zu lachen. Mit unserem Land steht es schlecht.
Ich kam 1913 nach München. Als der Weltkrieg ausbrach, meldete
ich mich freiwillig. Wie so viele hoffte ich auf den glorreichen Sieg.
Ich war nicht der Einzige, der die Ideale verwirklicht sehen und
seinem Leben einen Sinn geben wollte.
Lange schweigt jetzt schon der saure Lärm des Krieges, aber die
Menschen können nicht aufatmen. Gefesselt und bezwungen
fristen sie ein Dasein in erdrückender Schande, müssen sich für
fremde Mächte beugen und die Alleinschuld an einem Krieg tragen,
den sie nicht begonnen haben. Vom unfähigen Kaiser befreit, ist
das Volk herrenlos geworden, regiert (wenn man dieses Wort
gebrauchen sollte) von einem fetten Eber aus Berlin wie von einem
betrunkenen Bademeister. Mich erfasst oft eine Welle des Grauens
und bald der unbändigen Wut, wenn ich nur daran denke, dass ich
mit den Kameraden aus den Schützengräben zurückgekehrt bin,

geschlagen und müde, nur um in diesem Sumpf von einer Republik zu ersticken!

Ich sehe überall Unglückliche, die den Verlust des Krieges nicht verschmerzen können. Von ihrer Armee verstoßen, von ihrem Land verlassen, fühlen sie sich verraten, um ihren verdienten Triumph gebracht, während die Puppen im Pfuhl Berlin das Wenige in verschwenderischen Orgien vertanzen, was uns noch bleibt.

Sie müssen wissen, ich hatte nie Sinn für Tanz, schon gar nicht in einer Notlage wie der heutigen. Ich bin ein ernster Mensch und nicht gewillt länger tatenlos zuzusehen, wie die Gesellschaft langsam dem Ende zusiecht. Wir, ich und Sie und viele mehr, sind um die soziale Gerechtigkeit betrogen worden! Die reißende Inflation beutelt die Menschen, die keine Bank oder windige Firma besitzen. Man sorgt sich um die schwindende Zukunft. Viele haben kaum etwas zu essen. Das ist der Ernst der Lage, meine Damen und Herren! Der Moment der Tat ist für diejenigen also längst gekommen, die keine Wahl mehr haben, als ihr Lebensrecht mit eigener Gewalt einzufordern.

Soll es sich der kleine Mann etwa gefallen lassen, dass er im Dreck sitzt, während Parasiten vor ihm in feiner Kleidung flanieren und die besten Kuchen schlemmen?

Wo ist der Stolz des Deutschen, der ihn einst zu wahrer Größe gebracht hat?

Die Natur hat uns betrogen. Sinnlos erdulden wir die Ketten der Sklaverei und dienen schwachen Herren. Von Verbrechern, ja Landesverrätern sind wir um den rechtmäßigen Platz gebracht und unters Joch unwürdigen Ungeziefers gespannt, um ihnen unsere Stärke zu opfern statt selbst die Macht in die Hände zu nehmen. Es ist Zeit, dass wir unser gebührendes Recht zurückfordern!

Ich weiß, was Sie jetzt denken. Sie denken, Sie lauschen einem Hysteriker, einer miserablen Parodie. Ich werde Ihnen nicht widersprechen! Ich muss schließlich zugeben, dass ich nicht gänzlich originell daherkomme, vieles habe ich mir von der verblichenen Vergangenheit geluchst. Nur die Aufmachung ist neu. Doch fragen Sie sich selbst — wann hatten Sie zuletzt einen originellen Gedanken?

In der Natur kommt es nicht auf Originalität an, sondern auf die sich entfaltende Nachahmung, auf den erhabenen Fortschritt des Gleichen. Es sind die verspielten Details, die das Neue machen...

Auf dem Theater liebt es das Publikum immer wieder seine Lieblingsabende zu sehen. Sie wollen in den Spiegel blicken, nur freilich soll ein hübsches Gesicht zurücklächeln. Manchmal bringt jedoch erst die hässliche Fratze den gewissen Kitzel — weil sie näher an der Wahrheit schrammt. Und dafür sind Sie schließlich gekommen: für das alte Salz der Geschichte — für das Gesicht, wie es sich im Spiegel einmal wirklich zeigt. Sie werden es selbst mit eigenen Augen sehen!

Die Natur lässt sich nicht ewig leimen und bepfuschen. Sie gesellt Gleiches zu Gleichem immerfort, massiv aneinander gefügt. Und wie der Adler hinabstürzt und zugreift, so packt die Faust des beseelten Mannes die Fahne seiner Überzeugung und hebt sie empor.

Ich habe schon alle Vorkehrungen getroffen. Die Stimmung ist auf unserer Seite: Die Zeit ist heiß!

Der Partei fließen täglich neue Männer zu. Freikorps und Einwohnerwehren stehen bereit. Mein persönlicher Stoßtrupp hat auf meinen Namen Treue geschworen. Mein Traum vom großen Vaterland ist jetzt zum Greifen nah!

Ich sage zu allen, die hören können: Wer heute nicht tut, was in seiner Möglichkeit steht, der wird morgen von den harten Wendungen des Schicksals überrascht.

Die Welt so anzunehmen, wie sie ist, das wäre blanker Wahnsinn! Nur ein Narr könnte glauben, die Welt sei unveränderlich!

AUFTRITT PÖHNER.

PÖHNER
Alles in Ordnung mit Ihnen? Ich vermeinte, Sie reden zu hören.

HITLER
Ah, Pöhner, Sie sind es! Ich übte eine Rede.
Sagen Sie, wo bleibt Göring? Ich muss ihn unbedingt sprechen!

PÖHNER
Wenn ich es wüsste, würde ich es ausspucken!
Aber sollten Sie nicht beim Zahnarzt sein?

HITLER
Keine Zeit für zimperliche Behandlungen! Haben Sie die Pässe?

PÖHNER *(ÜBERREICHT DIE PÄSSE)*
In einwandfreier Ausfertigung. Ich hoffe doch, das nächste Mal bereiten Sie sich besser vor! Wir können uns keinen weiteren Schnitzer
mehr leisten. Ihr verpatzter Auftritt im Zirkus Krone war für uns eine
peinliche Schmach und hat die Regierung aufhorchen lassen.
Bedenken Sie: Unsere einzige Gunst ist die Energie des Moments!

HITLER
Ich bedauere den Zwischenfall. Mir ist die Zunge durchgegangen.
Die Leidenschaft der Sache hat mich mitgerissen. Aber ich kann
berichten: Röhm ist es derweil gelungen, seine Macht im
Militärbund Reichskriegsflagge zu festigen. General Ludendorff ist
ebenfalls an Bord. Hinter uns versammeln sich zahlreiche Männer,
die tapfer genug sind für Ihr Land entschlossen zu kämpfen.

PÖHNER
Ein paar Halbstarke mit Stangen tun es nicht. Ohne
Generalstaatskommissar Kahr und Polizeioberst Seißer wird es
nicht gehen. Wir müssen sie auf unsere Seite ziehen!

HITLER

Dessen bin ich mir voll bewusst. Doch die Stunde ist günstig: Kahr braucht uns. Er ist fürchterlich unbeliebt. Man hält ihn für versteift. Sie werden sehen, bald kommt er zu uns gekrochen wie ein Hund.

PÖHNER

Ihren Witz bezweifelt niemand. Auch Ihre Redekunst mag von beinahe antiker Sprachgewalt sein — deshalb hat man Sie ja in die vorderste Reihe der Partei gestellt. Aber auch ein begnadeter Hypnotiseur braucht zunächst das Fünkchen Wohlwollen der zu Bezaubernden.

AUFTRITT ESSER.

ESSER

Die neue Auflage ist druckfrisch und wird soeben ausgeliefert! Dreißigtausend Stück.

PÖHNER

Gratulation, Herr Esser! Doch es könnte mehr sein! Wir liegen damit immer noch unter Durchschnitt.

ESSER

Und dabei sind wir um drei Milliarden Mark billiger als das Sozialistenpapier der Münchener Post!

PÖHNER

Diese Pest verseucht noch die gesamte Stadt! Spätestens seit den roten Unruhen von 1919 und dem Blutbad, dem brutalen Geiselmord im Garten des Luitpoldgymnasiums ist meine Geduld am Ende. Wie jeder aufrichtige Bürger bin ich ein gnadenloser Gegner jeder linken Augenwischerei. Anarchisten, kaltblütige Mörder sind das, die das einfache Leben des Bürgers verachten! Ich will den

aufrechten Mann von patriotischer Gesinnung an der Spitze unserer
Gesellschaft sehen! Politik ist nicht für blutrünstige Globalisten
ausgeheckt, sondern ein Instrument des ganz normalen Bürgers. In
unserer Partei gibt es noch Sinn für Heimat und Gemeinschaft; wir
müssen uns gegen den üblen Verrat von Berlin zur Wehr setzen! Ist
es zu glauben, dass Berlin unsere Rohstoffe jetzt aufgibt und
freigiebig verteilt? Die Regierung liefert uns an Frankreich aus und
unsere Bürger lässt sie des Hungers sterben! Zu lange habe ich
schon zugesehen, wie mein geliebtes Bayern durch diese
Inkompetenz vollständig ruiniert wird. Erstmals seit des Kriegs, da
nun Ministerpräsident von Knilling die Notstandsmaßnamen
erlaubt und Herrn Kahr zum Generalstaatskommissar gemacht hat,
ist die Bildung einer nationalen Diktatur möglich geworden. Dies
muss unser Ziel sein. Es wird jetzt höchste Zeit, dass wir den Sau-
stall aufräumen! Unsere Chance dürfen wir jetzt nicht verspielen...

HITLER
Wie recht Sie leider haben! Auf den rettenden Aufstand brennt uns
allen das Gemüt! So viel ist klar: Das Volk muss aufgerüttelt werden!
Wir brauchen laut trommelnde Reden und mitreißende Flugblätter:
Der letzte müde Geist soll aus dem Bett herausgeschmissen werden
und sich unserer Partei anschließen. So treiben wir den Spuk der
Parasiten zügig aus, bevor sich der Schutz breittritt!

ESSER
Wir tun alles, um die Auflage zu erhöhen. Die Redaktion stachelt
mit extremen Schlagworten an und appelliert an die Instinkte. Die
desolaten Umstände verlangen, dass wir mit allen sprachlichen
Mitteln die katastrophale Situation, in der wir uns befinden, in aller
Härte ausdrücken. Alle Deutschen sind schließlich gleich und es
besteht kein Unterschied in der Gestalt der Schande, mit der
dieselbe Brust gebrandmarkt wird.
Aber die Meinungen sind grundverschieden. Unsere neue Partei ist

zwar gut organisiert, doch haben wir alleine leider noch keine
bedeutende politische Macht, um den Weg zu bestimmen.
Haben Sie sich die nächsten Schritte überlegt, um unsere Ziele noch
rechtzeitig zu verwirklichen, bevor wir unseren Vorteil wieder
verlieren?

HITLER
In jedem Staat gibt es nur zwei zentrale Apparate, die beherrscht
sein müssen, um eine sichere Führung zu installieren — das Militär
und die öffentliche Meinung. Wer die Masse kontrolliert,
kontrolliert das Land.
(ZU ESSER) Drucken Sie unser Programm in großen Lettern!
Verbreiten Sie weiter Stimmung gegen Berlin! Lassen Sie nicht nach
und nutzen Sie alles, jeden kleinen Skandal! Die Jugend soll
Extrablätter in der Stadt verteilen! Erzählen Sie allen: Wir haben
etwas vor! Schüren Sie die Erwartungen! Die Leute sollen in uns die
einzige Alternative sehen, bis wir das Feuer ihrer Leidenschaften
sehr bald schon mit einem neuen Wind entzünden! Die politischen
Gezeiten wird sehr bald umschlagen...

ESSER
Ich mache mich gleich wieder an die Arbeit!

AUFTRITT LOSSOW.

LOSSOW
Guten Tag, die Herren!
Ich komme mit Neuigkeiten aus Berlin: Man will den Völkischen
Beobachter verbieten!

HITLER
Der neuste Verrat!

Pöhner
Schweinerei!

Esser
Es ist bestimmt die letzte Reaktion auf unseren beliebten
Schmierartikel gegen Chef der Heeresleitung Seeckt und
Reichskanzler Stresemann.

Lossow
Keine Sorge! Ich werde dem Befehl nicht nachkommen.
Wir brauchen Ihre Unterstützung! Die Regierung stellt sich
zunehmend taub. Kann ich offen mit Ihnen sprechen?

Hitler *(zu Esser)*
Esser, kümmern Sie sich gleich um die nächste Auflage! Und geben
Sie ordentlich Salz drauf!

Esser
Ich werde alles schön weich kneten! *(Ab.)*

Hitler
Sie können offen sprechen.

Lossow
Kahr möchte Sie empfangen. Es ist Zeit für einen Richtungs-
wechsel.
Heute Abend soll ein geheimer Rat stattfinden. Seißer ist auch
dabei. Werden Sie kommen?

Hitler
Selbstverständlich! Pöhner und Scheubner-Richter werden mich
begleiten.

PÖHNER
Stets im Dienst für das Land.

LOSSOW
Gut. Ich werde Ihre Teilnahme bestätigen.

HITLER
Ohne vorgreifen zu wollen, lasst mich sagen: Das Land braucht
dringend unsere Hilfe.
Mit vereinten Kräften ist sogar ein Sturm auf Berlin möglich.
(zu LOSSOW) Sie haben unsere Männer ausgebildet. Werden Sie auch
den nächsten Schritt tun?
Herr Lossow, kann ich auf Sie zählen?

LOSSOW
Als General, der ich bin, sehe ich es als meine Pflicht, das Land vor
jedem Feind zu schützen und zu verteidigen.
Wenn soviel in unserer Zeit bedeutet, dass ich es vor sich selbst
schützen muss, so werde ich nicht zurückschrecken, das Äußerste
zu tun. Doch wir dürfen uns nicht übereilen, sondern müssen den
geeigneten Moment abpassen. Ein Fehltritt wäre fatal. Wir spielen
ein sehr gefährliches Spiel mit der Macht.

HITLER
Nur wer gefährlich lebt, verdient das Leben.

ALLE AB.

Szene 2: Der geheime Rat

Kahr
Meine Herren, Ritter, Oberste und Führer!
Die aktuelle Lage gebietet, dass wir uns in dieser Runde
verständigen und unsere Meinungen gegenseitig offenbaren. Als
neu eingesetzter Generalstaatskommissar obliegen mir die nötigen
Vollmachten, um München vor den Übergriffen der Republik zu
bewahren und wieder zur Ordnungszelle zu formen. Ich bin fest
entschlossen gegen Berlin zu handeln!
Der Zentralismus der Hauptstadt gebärdet sich immer
rücksichtsloser; die Provinz geht unter. Nichts weniger als die
Selbstständigkeit Bayerns steht auf dem Spiel. Man scheucht uns
herum, als wären wir stupide Kühe, die sich an der Nase
herumführen lassen. Das dürfen wir nicht länger akzeptieren! Seit
der neuen Finanzreform mit ihren rigorosen Steuergesetzen saugt
man uns gierig das Blut aus den Adern und tastet unsere
rechtmäßige Hoheit an...

Seisser
Nicht nur Bayern stöhnt davon! Es ist kein Geheimnis, dass der alte
Erzberger manchen Landesfinanzminister schmierte, damit man
seiner Reform zustimmte. Ein verderbter Kurs, auf dem wir da
entlangrutschen! Und das viele Geld ist nicht mal ansatzweise
genug, die Kriegsschulden zu tilgen. Der Fall ist klar: Nichts als
Korruption regiert dies Babylon Berlin, das uns im Dienst fremder
Interessen knechtet.

Lossow
Die Eigenständigkeit der Post, der Bahn und des Militärs sind

ebenfalls dahin! Wehrlos müssen wir zusehen, wie uns die Rohstoffe
von unseren Feinden weggenommen werden. Nichts als Eunuchen
und Kastraten halten die Zügel im schläfrigen Berlin, zu feige für
eine gefasste Entscheidung!

KAHR
Kurzum: Wir stecken fest im Treibsand eines Amateurstaates auf
Abwegen.
Meine Herren, es ist nun an uns, den Kurs zu ändern! Der eklatante
Abbruch des Widerstands gegen Frankreich bringt das Fass
endgültig zu Überlaufen! Zuerst heißt es, um keinen Preis wird Holz
und Kohle an die Besetzer herausgerückt. Dann droht Ruin, rasch
dankt – nach Monaten Protest und zähem Widerstand – die nächste
Reichsregierung ab und den Invasionstruppen werden die Wagen
vollgeladen — während das neue Kabinett sich gar noch uneiniger
ist als das alte. Genug der Wackelei! Diese Republik und damit die
Demokratie hat auf ganzer Linie versagt!
Es ist mir darum eine besondere Ehre, Sie, die Herren Hitler, Pöhner
und Scheubner-Richter zu begrüßen und hier einzuladen, sich mit
uns zu verbünden. Ihre Partei hat in letzter Zeit viel
Aufmerksamkeit bekommen. Die Leute folgen Ihrem Blatt und
laufen Ihnen zu. Doch wenn wir uns Berlin erwehren wollen,
müssen wir zusammenarbeiten. Man will Ihnen den Mund
verbieten, macht Jagd auf Ihre Leute. Ich kann Sie schützen…

HITLER
Verehrter Herr von Kahr, ich muss mich Ihren Reden mit äußerstem
Nachdruck anschließen! Unsere Stunde ist schließlich gekommen.
Es wird Zeit, dass wir das Diktat von Versailles zerreißen. Die
Republik wird von Verbrechern angeführt, die uns an fremde
Mächte verraten und verkauft haben. Das Volk leidet und das Heer
ist so geschwächt, dass wir uns nicht dagegen wehren können.
Lassen Sie es mich einmal frei heraus sagen: Wir haben alle längst

die Schnauze voll!
Wir müssen uns verbünden und eine Regierung bilden, die mit
starker Hand gegen die Schwindler durchgreift! Meine Partei und
die verbündeten Verbände bewaffneter Männer stehen bereit!

Lossow
Es ist unabdingbar, dass sich das Militär erneuert. Durch den
Notstand habe ich meine Männer für Bayern in die Pflicht
genommen. Aber seit Ende des Krieges und der Demobilmachung
ist unsere Wehrhaftigkeit gleich Null. Wir können uns nicht mehr
verteidigen. Allein der Wehrkreis München besteht nur noch aus
einigen hundert Mann. Ich brauche die Verbände, um das Heer zu
stärken.

Pöhner
Eine Debilmachung war das!
Eine Republik, die sich nicht wehren kann, ist kein Staat, dem man
vertrauen sollte.
Jetzt, mit den Notstandsmaßnahmen, existiert rechtlich die
Möglichkeit einer Diktatur. Wie lautet Ihr Plan, Kommissar Kahr?

Kahr
Ministerpräsident Knilling hat mir großzügige Vollmachten
übertragen. Auch habe ich mit Kronprinz Rupprecht ausführlich
gesprochen. Das Chaos lässt sich eindämmen. Bayern ist jetzt die
letzte Bastion Deutschlands gegen den Bolschewismus und die
Gewalt der Landesfeinde. Das Triumvirat unter meiner Führung
vereinigt Reichswehr, Polizei und Regierungskreise Bayerns.
Zusammen mit den Verbänden haben wir genug Gewicht, politisch
eigene Wege zu gehen. Wenn wir es gut anstellen und von hier mit
Klugheit agieren, können wir die Monarchie wieder einsetzen und
zum Glanz der Vorkriegsjahre zurückkehren.

HITLER

Wir dürfen hier nicht haltmachen! Wir brauchen einen Marsch auf Berlin!

Mussolini in Italien hat es jüngst vorgemacht. Er ist nach Rom marschiert, der König setzte ihn sofort als neuen Regenten ein und seitdem erfreut sich das ganze Land einer raschen Modernisierung. Die Luft hat sich auch hier verändert. Die Menschen wollen nach vorne schauen und ein neues Schiff besteigen. Hat nicht der heldenhafte General von Hindenburg schon bald nach dem Krieg bereits von der Zersetzung von Flotte und Heer gesprochen? — Rücklings erdolcht von den zeckenhaften Novemberverrätern verendete unser geliebtes Kaiserreich kläglich. Denn das alte System war bereits innerlich verfault, sonst wäre es nicht derart eilends untergegangen.

Jetzt ruft die Zukunft! Wir dürfen nicht den leichtsinnigen Fehler machen und unseren Tritt auf morsches Holz setzen. Lasst uns gemeinsam ein neues Reich aufbauen: Ein Reich für alle Deutschen!

KAHR

Behutsam!

Berlin gebietet immer noch über einen Großteil der Streitkräfte. Der lange Weg nimmt uns zudem den Vorteil der Plötzlichkeit. Wir müssen besonnen vorgehen!

Ich schätze Ihre jungen Ideale und die Energie, mit der Sie daran glauben. Aber Politik ist ein zähes Geschäft. Verhaspelung und Unüberlegtheit sind ebenso leichtsinnige Fehler wie weitverbreitete.

Zunächst müssen wir unsere Sache im eigenen Gebiet machen und das bayerische Volk hinter uns bringen, die eigene Position stärken und jedes rücksichtslose Gebärden aus Berlin entschieden abwehren. Ich habe bereits die Vollzugsverordnung für Bayern außer Kraft gesetzt und ich werde die Münchener Post und andere linke Organisationen und Zeitungen präventiv verbieten. Die

Reichswehr unter Lossow soll die Grenze zum roten Thüringen sichern. Seißers äußerst kompetente Polizei überwacht mir die Bewegungen meiner Gegner; die kleinste Regung spielt sie in unsere Hände. Mithilfe der Verbände und Ihrer Partei bilden wir schließlich eine nationale Front, die Fürchten lehrt. Die Monarchisten habe ich durch den Zuspruch des Kronprinzen Rupprecht gewonnen.
Als ein solches Vorbild der Geschlossenheit suchen wir mit Gewicht Verbündete in der weiteren Reichswehr und der Politik des Reichs. Sobald wir die richtigen Leute auf unserer Seite haben, schlagen wir los — und sind siegreich!

SEISSER
Sehr vernünftig!

LOSSOW
Derweil treiben wir die Stärkung des Militärs im Geheimen weiter voran. Den durch die Siegermächte diktierten Aufnahmestopp umgehen wir durch die klandestine Ausbildung der Milizverbände. Drei Battalione Freiwilliger sind im Kriegsministerium bereits eingetragen. Damit haben wir unsere Stärke insgeheim verdreifacht.
Zugleich ist das Kabinett passiv und blind — sie glauben, die äußerliche Bedrohung wird von selbst verschwinden. Ich hingegen mache mir große Sorgen vor einem neuen Krieg mit Frankreich. Wir müssen militärisch vorbereitet sein!

HITLER
Die Zusammenarbeit der Reichswehr mit den Verbänden ist für uns alle von essenzieller Wichtigkeit. Doch ich bedaure, dass Ernst Röhm nicht mehr der Chef der geheimen Feldzeugmeisterei ist. Es war ein potentes Zeichen unserer gewachsenen Verbundenheit...

LOSSOW

Es blieb mir keine Wahl, als ihn zu ersetzen. Der Mann hat Geld veruntreut, sowohl Material wie finanzielle Mittel unerklärt verwirtschaftet. Und — unter uns — er war recht prahlerisch. In diesen Zeiten ist das sehr gefährlich...

KAHR

Wir begeben uns bereits mit diesen heimlichen Aktionen ins volle Risiko. Jede Militäroperation ist ein Verstoß gegen den Versailler Vertrag. Wenn die Waffen, nur durch einen Fehltritt, an die Oberfläche gelangen, provozieren wir, im schlimmsten Fall, eine unnötige Schlacht, die wir im Moment noch sicher verlieren würden. Und von unseren Köpfen können wir uns dann sowieso gleich trennen.

HITLER

Doch wir dürfen unsere Stunde nicht verpassen, meine Herren! Die Menschen leiden jetzt in dieser Stunde und die Hyperinflation verpulvert ihr Vermögen täglich aufs Neue. Der allgemeine Lebensstandard sinkt drastisch. Ist das Aussicht auf Zukunft? Eine Hungerkrise droht und die Gemüter sind glühend heiß. Die jungen Leute sehen zu uns auf, sind jetzt und heute bereit. Wenn wir zu lange warten, laufen wir ins Leere!

SEISSER

Not hin oder her — unserem Handeln sind gewisse Grenzen gesetzt. Sie müssen Röhm und Ihre Männer zügeln!

HITLER

Andere akzeptieren unsere Grenzen auch nicht — warum sollten wir es tun?
Nein, wir müssen heute Farbe bekennen, denn dafür sind wir schließlich hier versammelt!

Ich appeliere an Ihre Menschlichkeit und an Ihr politisches
Feingespür!
Auch dürfen wir die lauernde Gefahr von links nicht unterschätzen.
Ich habe Informationen, die beweisen, dass das Politbüro in Moskau
bereits Anfang Oktober einen Deutschen Oktober beschlossen hat.
Das Exekutivkomittee der Komintern unter Sinowjew plante den
Aufstand durch die KPD detailliert voraus, verschob das Datum
aber plötzlich um drei Monate nach hinten. Vor dem peinlichen
Vorfall einer Revolte in Hamburg und der glücklicherweise raschen
Niederschlagung durch die Polizei liefen die Vorbereitungen über
die linksorientierten Regierungen in Sachsen und Thüringen und die
dort erlaubten Proletarischen Hundertschaften. Am neunten
November wollten sie eine rote Revolution herbeiführen, um ein
Sowjetdeutschland zu errichten.

PÖHNER
Nicht auszurechnen, was hier losbricht, wenn sich die Ereignisse
von 1919 im ganzen Reich wiederholen! Wenn unsere Gegner schon
in Planung eines Sturzes dieser Republik begriffen sind, müssen wir
umso mehr die Führung übernehmen! Keiner von uns will die
Russen und ihre Zöglinge hier marschieren sehen. Wir sind schon
genug gebeutelt. Reicht es nicht, dass wir von allen Seiten grob
bedrängt werden wegen des verlorenen Kriegs? Eine Revolution
von links würde uns vollends an die umliegenden Mächte ausliefern
und ruinieren!

LOSSOW
Das darf auf keinen Fall passieren!

SEISSER
Ein Alptraum für jeden aufrichtigen Bürger!

PÖHNER
Dann müssen wir handeln, bevor es zu spät ist!

HITLER
Verehrter General von Lossow, legen Sie Ihre Hemmungen einmal
beseite und sprechen Sie rein hypothetisch. Gesetzt, dass Ihre
Truppen mit unseren Männern verstärkt sind — sagen Sie uns doch:
Halten Sie einen erfolgreichen Sturm auf Berlin dann für möglich?

LOSSOW
Nun, wir stehen besser da, als man vielleicht vermuten würde. Viele
sympathisieren insgeheim mit uns. General Seeckt hält sich im
Hintergrund, doch hegt auch er geheime Sympathien für unseren
Kurs des Widerstands. Jüngst hat er eine Reichsexekution gegen
Bayern verhindert. Er beteuerte, Reichswehr schieße nicht auf
Reichswehr. Ich bin sicher, wir können im Zweifelsfall mit seiner
Unterstützung rechnen. Wenn wir die Freiwilligen dazurechnen,
kommen wir schon auf eine recht solide Summe. Ein Marsch auf
Berlin ist also durchaus möglich.

HITLER
Hören Sie, die tapfere neue Welt winkt! General Ludendorff wird die
Verbände anführen und als Held des Krieges unseren Männern wie
den Feinden Ehrfurcht einflößen. Er bekräftigte mir erst gestern, er
stelle sich jeder völkischen Angelegenheit zur vollen Verfügung!

KAHR
Besonnenheit, meine Herren!
Wir dürfen uns nicht mitreißen lassen. Ich appeliere an Ihre
Vernunft!
Post, Bahn und Militär sind immer noch Berlin unterstellt. Wir
dürfen auch die Regierung nicht unterschätzen. Sie mag in unseren
Augen moralisch schwach und verderbt sein, aber das Militär ist

noch zu stark ans Reich gebunden, als dass ein Putsch ohne klare
Führung durch die meisten Generäle Aussicht auf Erfolg hätte. Ich
will um keinen Preis riskieren, meine Ordnungszelle Bayern ans
Messer der Preußen zu verlieren. Ihren Enthusiasmus muss ich
daher erst mal bremsen.
Wir alle wollen die Veränderung und bessere Aussichten in diesem
Katastrophenstaat. Aber wir müssen behutsam und nach Plan
agieren, um zu siegen. Zunächst müssen wir die Verbände
versammeln und den allgemeinen Druck vergrößern. Ich setze
zunächst auf passiven Widerstand, bis wir ein geschlossenes
Programm entwickelt haben, mit dem wir die Wackelregierung
ausstechen können. Zunächst aber München! Es ist unabdingbar,
dass wir erst die Münchener Kreise mit unserer Stimmung
anstecken und voll überzeugen. Das ist schon schwer genug, zumal
ein Marsch als offene militärische Operation den Zorn des Auslands
auf sich ziehen würde. Wir dürfen den Versailler Vertrag auf keinen
Fall außer Acht lassen. Konzentrieren wir uns auf die Innenpolitik!
Später mache ich Sie zum Arbeitsminister, ehrenwerter Hitler. Herr
Pöhner, Sie werden der Justizminister. Sichern Sie mir Ihre Leute zu!
Bilden wir einen festen Block für die Zukunft! Aber bleiben wir auf
dem Boden der Tatsachen!

SCHEUBNER-RICHTER
Um mich in dieser Unterhaltung auch einmal zu Wort zu melden:
Ich denke doch, bevor hier Posten großzügig verteilt werden, die
noch gar nicht frei geworden sind, sollten wir mit offenen Karten
weiterspielen. Ihre Versprechungen sind schön und schmeicheln
manchem ehrsüchtigen Ohr, doch verraten sie mehr den Zögerer in
Ihrer Seele als den überzeugenden Staatsmann.

KAHR
Vorsicht, Junge!

Unsere Partei ist voll jungen Bluts. Dort sammeln sich Scharen tapferer und begeisterungsfähiger Männer, die nur darauf warten, dass wir sie anführen und unser Land wieder zu einem Reich des Glücks machen. Schon lange gehen wir mit tief gebeugtem Haupt, der Platz an der strahlenden Sonne wurde uns genommen und immer noch sitzt die Angst uns in den Knochen — vor einer roten Revolution, die unser Leben aus den Eingeweiden stülpen würde. Zwar schlug Berlin die zahlreichen Revolten blutig nieder, doch wer weiß, wozu sich die SPD in der Gunst der Stunde noch bekennt? Nein, meine Herren, wir haben keine Zeit. Jedenfalls nicht viel.

Die russische Revolution, der Bolschewismus — das ist nichts als Terror, Plünderei, Sklaverei und Hungersnot mit dem einzigen Ziel, die Mittel- und Oberschicht auszurotten und die westliche Zivilisation zu zerstören. Glauben Sie mir, ich weiß es aus nächster Nähe!

Aber es gibt auch in Russland echt wackere Nationalisten von unserem Schlage. Ich habe eine Geheimorganisation gegründet, die sich gegenwärtig im Aufbau befindet. Unser Leid ist mit deren unverrückbarem Kampfgeist in einer aussichtloseren Lage als der unseren nicht zu vergleichen. Angesichts der Probleme in unserem Land haben wir kein Recht zu zögern.

Ich stimme darin überein, dass wir erst die bayerische Regierung vom neuen Kurs überzeugen müssen, wenn nötig auch mit Waffengewalt, bevor wir Berlin in Angriff nehmen. Doch müssen wir dies rasch tun.

Herr Kommissar, sofern Sie im Besitz der Vollmachten sind, die Sie für sich gern in Anspruch nehmen, handeln Sie! Schaffen Sie Zugang für unsere Partei im Parlament! Nutzen Sie Ihren Einfluss, um den letzten Widerstand zu brechen!

Ich fordere den Rücktritt der Parlamentarier Herrn Dr. Schweyer und Herrn Wutzlhofer, die unsere Aktionen immer wieder behindern. In nur wenigen Tagen hätten wir Bayern dann in unserer Hand!

SEISSER
Im Parlament sitzt mancher Dickschädel. Es ist nur sinnvoll,
vorsichtig zu sein.
Wir könnten Neuwahlen organisieren...

LOSSOW
Und riskieren, dass wir unseren Vorteil verlieren. Keine kluge Idee!

PÖHNER
Meine Herren, worauf warten wir?
Welche Bedenken halten uns noch zurück?
Ich verstehe unsere Unentschlossenheit überhaupt nicht: Die Bahn
ist frei! Die bayerische Reichswehr und Polizei, zusammen mit den
organisierten Verbänden, stellen eine Macht dar, die nicht
abzustreiten ist. Wir haben symbolische Führer auf unserer Seite,
charismatische Redner in unseren Reihen, sowie die rechtliche
Grundlage, das Parlament aufzulösen, wenn wir ihm nur Gründe
geben uns dazu zu veranlassen. Lange genug haben wir den
unermüdlichen Reden der Demokratie gelauscht, die ohne
Ergebnisse bleiben. Machen wir's besser!
Ich möchte außerdem daran erinnern: Das Amnestiegesetz vom
August 1920, welches als Reaktion auf den Kapp-Lüttwitz-Putsch in
Berlin in Kraft getreten ist, macht uns straffrei. Wir handeln
schließlich nicht aus Roheit oder Eigennutz. Viele Beteiligte sind
damals nach Bayern geflohen. Auch Scheubner-Richter hier kam
dorther zu uns als ein Geschenk. Ich sage: Jetzt ist unser
Augenblick, ein günstigerer wird nicht kommen! Stürzen wir das
Parlament, reißen die Zecken raus und gehen auf den Marsch
Richtung Berlin!

KAHR
Wo ist denn Ludendorff? Und General von Seeckt?
Ich bitte Sie, die Herren, seien Sie vernünftig!

Das Amnestiegesetz schützt die Urheber nicht. Wenn unsere Aktion misslingt, dann sind wir dran!
Bevor wir kein Programm entwickelt und uns auf die Route geeinigt haben, brauchen wir keine Agitation und müssen unseren Enthusiasmus zügeln. Lassen Sie uns erst die hinreichenden Schritte Punkt für Punkt erörtern.

HITLER
Erlauben Sie, Herr Kommissar, dass ich Ihnen zu Hilfe eile.
Das Programm ist doch ganz klar: Lossow wird Reichswehrminister.
Herr Seißer wird der neue Innenminister und Pöhner Justizminister.
Herr Scheubner-Richter wird den Posten des Finanzministers ausfüllen und Sie werden Präsident und ich — Kanzler!

KAHR
Unverschämte Verlockung!
Bedenken Sie, ohne ein sachliches Programm kommen Sie in der Politik nicht weiter!
Mit überstürzten Aktionen riskieren Sie nur Ihre endgültige Blamage. Man macht ja bereits Jagd auf Sie...

HITLER
Man jagt, was man begehrt.
Ich halte es mit Männern wie Mussolini und Atatürk, nicht mit Feiglingen.
Erst im Mai wurde unser Held Albert Schlageter, der sich der Aggression Frankreichs zur Wehr gesetzt, kaltblütig hingerichtet.
Sie kennen die Geschichte, lassen Sie mich nur Ihrem Gedächtnis rasch noch mal behilflich sein. Und erst vor einem Jahr kam der Vertrag von Rapallo am Rande der Weltwirtschaftskonferenz in Genua zustande, in dem sich die Republik an Russland schmiegt.
Wir müssen handeln oder zusehen, wie unser Land verdirbt.
Ich mache ernst! In einer solchen Welt, in der die Feinde in der

Kammer schon den Vorrat befummeln, braucht es Entschiedenheit,
nicht kindische Besonnenheit.
Nun, Ihre Politik, Herr Kahr, ist schal und unbeliebt...

KAHR
Sie sind gierig, Hitler! Ungeduldig und frech!
Sie wollen die Führung an sich reißen und haben überhaupt keine
Erfahrung in Regierungsdingen.
Ihre Partei ist zu jung, geradezu ungesund radikal. Schauen Sie sich
selbst an: Alleine sind Sie nichts!

SEISSER
Die Herren, ich bitte um Haltung!
Es scheint, als hätten wir hier vorzeitig das Ende unserer
Unterredung erreicht. Die durchaus unterschiedlichen Positionen
verdienen jeweils eine konkrete Ausarbeitung. Welche Maßnahmen
zu treffen sind, um die vielfältigen Probleme, die uns
gegenüberstehen, anzupacken, ist noch unklar. Doch fürchte ich,
wir müssen diese Diskussion vertagen und ich schlage vor, dass wir
sobald es möglich ist, noch einmal zusammenkommen.

LOSSOW
Die Zusammenarbeit zwischen der jungen Partei und der
Reichswehr hat sich als äußerst fruchtbar herausgestellt. Ich wäre
sehr unglücklich darüber, sollten sich unsere Beziehungen
verschlechtern. Ich hoffe, wir können sehr bald die hinderlichen
Differenzen beilegen und zum Handeln übergehen.

SCHEUBNER-RICHTER
Wir befinden uns an einer Schwelle.
In unsicheren Zeiten zählt allein die Bestimmtheit des Willens. Denn
die Fakten liegen oft im Dunklen. Es bleibt uns in jeder Hinsicht nur
der leidige Versuch ohne gewissen Ausgang.

Uns allen ist gemeinsam, dass wir längst erkannt haben, diese Gesellschaft und der Staat dazu geht vor die Hunde. Wenn wir heute nicht zu einem Schluss kommen, so liegt das auch an der Komplexität des Status quo. Soll wieder eine Monarchie oder ein neuer Staat gebildet werden, wenn die Republik in sich zusammenstürzt? Wie soll der neue Staat gestaltet sein und wer soll an der Spitze stehen? Doch viel wichtiger noch: Wie kommen wir dahin?

Das sind harte Fragen und ihre Beantwortung ist drängend. Ich schließe mich jedoch Seißer in der Beurteilung an. Wir haben unsere Tendenzen und Bedenken dargelegt. Jetzt ist eine Vertagung unvermeidlich.

Lossow

Sie haben recht, doch sollten wir die Sache wirklich nicht zu lange aufschieben. Das Wichtigste ist nun, dass wir uns in die Kreise einbringen, die uns auf Landes- sowie Reichsebene unentbehrlich werden, um unsere Chancen zu erhöhen.

Meine Positionen bleiben dabei unangetastet. Ich hoffe, auch Sie stehen zu Ihren Worten und sind weiterhin bereit zu kämpfen. Und sobald wir jeweils einen Schritt vorangekommen sind, finden wir noch einmal zusammen. Derweil geben Sie Ihr Wort, Herr Hitler, dass Sie keine Aktion ohne unsere Bereitschaft anzetteln!

Hitler

Auf mich können Sie sich verlassen!

Pöhner

Wir verständigen uns auf die Ruhe vor dem Sturm.

Ich denke, unsere Differenzen lassen sich in der Theorie auf jeden Fall beilegen. Aber die Verhältnisse diktieren einen anderen Rhythmus für unser Vorgehen. Die Route, die wir nehmen müssen, ist, so fürchte ich, kompromisslos.

KAHR schnaubt.

Seisser
Vielen Dank, die Herren!
Wir können uns jetzt nicht einigen.
Daher bleibt nur eine Verschiebung dieses Rats übrig.
Ich bitte die Herren das Gesprochene vertraulich zu behandeln.

Kahr
Diese Geheimsitzung ist hiermit geschlossen.

Abtritt Hitlers Partei, dann Kahr, Seisser, gefolgt von Lossow.

Szene 3: Traum und Wachen

Hilfe! Welch grauenvoller Anblick! Wo ist das Licht?
Ich sehe tote Leiber im Schlamm liegen, lieblos gestapelt; absurd
abgeknickte Gliedmaßen zeigen in die Höhe; entstellte schmutzige
Kadaver ohne Zähne, ohne menschliche Form. Ein Haufen Fleisch.
Ein grauer Schleier überdeckt den Horizont, als ob die Farbe aus der
Welt gewichen wäre. Fauliger Geruch von verbrennender Haut reizt
mir die Nasenwände.
Da sind dunkle Soldaten mit aufgepflanzten Gewehren. Sie führen
mich in kalten Ketten ab, ich muss Steine klopfen. Man fügt mir mit
der Peitsche erbarmungslos Wunden zu. Meine Kleidung ist unter
den Hieben zerschlissen. Ich kann mich kaum auf den Beinen
halten. Meine Glieder sind entzündet. Die Arbeit ist unerbittlich. Ich
schwitze. Ich zittre. Niemals zuvor habe ich so heftig gezittert und
geschwitzt.
Neben mir treten sie eine Frau mit den Füßen. Sie trägt ein
seltsames Gewand, das mit Pentagrammen oder Sternen übersät
ist. Ihre stoßweise ausgepressten, halb erstickten Schreie dringen
mir ins Mark. Sie rufen sie mit hässlichen Namen und bespucken
sie. Die Demütigungen sind so niederschmetternd, dass ich die
verstümmelten Leichen fast beneide...
Eine verkehrte Sonne sengt schwarz vom milchroten Himmel. Die
ewig falsche Nacht packt wie ein Raubtier meinen wunden Rücken
und kriecht wie perfides Gas unter meine Haut.
Eisenbahnwagons fahren in Fabriken und schütten dort
zerstückelte Leiber aus; kaputte Ernte, grotesker Abfall.
Ich werde gezwungen, die Leichenteile in Säcke zu schaufeln, bis
mir vor Ekel das Kotzen kommt.

Mir ist speiübel, nur daran denken zu müssen...!
Wo ist das Licht, verdammt?!!

Solche grausame Plastizität ist meinen Augen selten vorgekommen
— ob im Schlaf oder im Wachen.
Sind Träume die Vergangenheit, vom Ego künstlerisch verwertet?
Oder sind sie die Ahnung einer Zukunft, für die das Ich sich
wappnen sollte?
Warnt mich der Traum? Vor den Folgen eines Putsches; soll ich mich
in Acht nehmen?
Ist er eine Verdrehung des letzten schrecklichen Krieges, dessen
halb-vergessenes Grauen mich neu potenziert heimsucht?
Ist es der nackte Schreckenswahn vor der Revolution, die ich so
fürchte?

Der Traum ist zu abstrus und zu lebendig, als dass er mich nicht
anfassen kann. Irgendeine feste Angst kriecht in mir hoch. Die
Eindrücke sind schärfer als ein glasklares Wort es sagen könnte...

Was mach' ich nur?

—Ernst, reiß dich jetzt zusammen! Du bist doch kein Ängstling!
Immer war es Mut zur Überzeugung, der mich vorantrieb. Und die
Karriere war dir zeitlebens das Wichtigste. Das Ansehen des guten
Standes war dir immer Ziel und Trost. Reiß dich zusammen!

Es war nur ein Traum! Und doch...

Ich muss meine Bedenken teilen!
—Egal wie irrsinnig es auch wirken mag, dass ich am frühen Morgen
wie ein altes Bettelweib schon meine Sorgen an den Tag verplapper.
Der haltlos tiefe Eindruck dieses Traums lässt mir keine Wahl...

Ich muss Kahr anrufen!

Szene 4: Der Beschluss

Hitler und von der Pfordten.

von der Pfordten
Unsere große Zeit der Umwälzungen: Zerfallene Monarchien, das
Christentum unter Beschuss...
Die einzige Konstante ist die nicht-enden-wollende Unruhe in
einem Staat mit schier gigantischen Problemen in der Außenpolitik:
Gebietsabtretungen, Reparationen, die Besetzung im Ruhrgebiet.
Folgen des Krieges. Dann die Aufstände der Kommunisten und die
wirtschaftliche Not...
Die Welt leidet Schmerzen an der Wurzel! Das Fundament der Erde
ist erschüttert. Wir stehen vor einer epochalen Zeitenwende!
Ich bin Jurist. Mich interessiert naturgemäß das Gefüge, in dem
eine Gesellschaft funktioniert. Gewisse festgeschriebene Regeln
garantieren ein Zusammenleben in relativer Harmonie und
Ordnung. Aber in einer Welt des Chaos ist die juristische Grundlage
äußerst problematisch...

Hitler
In den alten Zeiten ging die Macht vom Adel und der Kirche aus.
Heute geht die Macht vom Volke aus. Sein Wille trägt die Zeit und
ihr Gesetz. Ein großer Mann, erhoffte Schicksalsfigur, an seiner
Spitze soll Geschick und Leben dieser Menschen lenken,
interpretieren ihr Begehr und ihrem Dasein die notwendige
Richtung geben. Anders als die Weimarrepublik im steten Wanken
zwischen Unentschlossenheit und Irrweg, führt er die Gesellschaft
in eine sichtbar bessere Existenz, da er selber aus ihrem Schoße
spross.

von der Pfordten
Doch das Volk war immer eine viel vermischte Menge. Ohne Ideen.

Zufällig geworden.
Es bleibt darum die Frage nach den Werten und woher sie kommen.
Die Masse ist recht ahnungslos.

HITLER
Du stellst vertrackte Rätsel, Theodor!
Erst jüngst hat sich der Kopf vom Rumpf getrennt. Die Heimat ist
zerrissen und verhetzt, weil die Eliten keinen Sinn für ihren Willen
und sich von den Menschen abgespalten haben. Obgleich der
Deutsche leicht zu durchschauen ist: Er will Gemütlichkeit im
Eigenheim und gleichzeitig die Illusion von unbezwingbarer Stärke
nach außen.

VON DER PFORDTEN
Allein die gerechtere Verteilung des Privatbesitzes würde schon viel
ausbügeln. Die Leute wollen einfache Lösungen für komplexe
Probleme. Die pralle Börse in der eigenen Hand, macht sich gut
untereinander Frieden, solange das Gold bei der anderen Baustelle
abgetragen wird...

HITLER
Wohl wahr! Der Frieden lässt sich eben nur durch feste Hierarchien
sichern. Und die alten Hierarchien sind zerrüttet. Der Adel ist
ausgetrocknet, die Kirche korrupt.
Es ist die Leistung jedes Einzelnen, die heute zählt! Und so zählt
auch das Volk am meisten, das die größte Macht durch Wirtschaft
und durch Militär erzielt und selbstbewusst handelt. Das war durch
die Jahrhunderte schon so. Die Nationen gründen sich auf jenes
Selbstbestimmungsrecht der Völker, mit welchem auch der Frieden
nach dem Krieg erreicht wurde.
Doch hat man uns schwer betrogen! Unser Land hat gemäß der
Geschichte mehr an Rang und Ruhm verdient! Das Schicksal der
Germanen war seit Jahrhunderten ein hehres und großes. Ich

träume von einem Großdeutschland, in dem alle nach ihrer
Bestimmung leben können. Ich werde uns aus der unverdienten
Demütigung führen und das Volk vom schlechten, fremden Einfluss
säubern, es endlich zu seinem wahren Potenzial bringen! Das habe
ich mir geschworen.
Uneinigkeit bringt Niederlagen, wenn die Masse gegen sich selbst
zankt statt gegen ihre Feinde. Nur Nationalgefühle, Heimatliebe
und Gehorsam, gleiche Chancen unter Gleichen schweißen
Menschen fest zusammen. Das sind Werte für ein freies Vaterland!
Denn Menschen leben nicht auf dem Mond, sondern auf dem Land,
wo sie geboren wurden.

VON DER PFORDTEN

Die Potenz des germanischen Volks! Die Vorherrschaft der höheren
Rasse wird hier beschworen! Die Biologie hat mit unserer Partei
endlich Einzug in die Politik erhalten. Lange hat es gedauert, bis die
Menschheit so weit gekommen ist, der Wissenschaft den Vorzug
vor den Pfaffen zu geben. Die Legitimität der Macht ist darin
wiederhergestellt.

HITLER

Noch müssen wir sie uns erstreiten!
Der katholische, separatistische von Kahr denkt anders. Er liebt die
Kirche! Er glaubt noch, man könne die Massen mit diesem Opium
betäuben. Er hat wohl noch nie etwas von Darwin gehört…

VON DER PFORDTEN

Dabei ist der Rang der Gene wissenschaftlich unbestreitbar. Sie
tragen kompliziert verschlüsselt alle Informationen, die den
Menschen definieren. Am menschlichen Genom kann man den
Grad der Evolution messen, den der Mensch zurückgelegt hat. Auf
es lässt sich eine ganze Staatsphilosophie gründen, die in der
Rassentheorie ihren Ursprung hat. Das Genom als Schlüssel zur

legitimen Staatsordnung! — damit kommen wir der Realität ein
bedeutendes Stück näher und erreichen eine höhere Stufe der
Erkenntnis — in Politik und Recht gleichermaßen.

HITLER
Der Augenblick der Wahrheit ist nicht mehr fern, so viel ist klar!
Wenn uns nur bald der Durchbruch auch gelänge!
Die Mittelpartei ist weltlich-protestantisch, mit ihnen können wir
arbeiten, aber die gesamte SPD stemmt sich entschieden gegen
uns, schickt ihre Schergen, gewaltsam unsere Veranstaltungen zu
stören. Wir haben leider noch viele politische Gegner.
In unserer Zeit entspinnt sich eine unsichtbare Fehde zwischen
globalem Kapitalismus, internationalem Kommunismus und
nationalen Völkerstaaten. Nichts weniger als die Zukunft steht auf
dem Spiel! Doch sollen nur die Kommunisten ihre Kapitalisten
schröpfen und sich beide einander die Gedärme ausreißen. Wir sind
fest! Unser Volk hat dickes Blut und nährstoffreichen Boden. Und
vielmehr noch: Den deutschen Geist! Das Absolute liegt uns in den
Genen! Das ist stärker als die fahle Gier der Heimatlosen, die ohne
Prinzipien nach bloßer Lust und nach scheinheiliger Gerechtigkeit
begehrlich lechzen!
Hast du die Verfassung schon begonnen, die unserem neuen Staat
als Fundament dienen soll?

VON DER PFORDTEN
Die Verfassung ist entworfen und sie fußt auf dem berühmten
Selbstbestimmtungsrecht der Völker. Eine starke Persönlichkeit
wird aus der Menge auserkoren und zum Führer bestimmt. Seine
Rechte sind uneingeschränkt. Ich habe mich an der
Staatsphilosophie des Machiavelli orientiert — alles, wie
besprochen. Sieh her! (ER HOLT DIE DOKUMENTE HERVOR.)

HITLER

Unglaubliches! Endlich ein Staat, der sich auf das Recht des Stärksten gründet. Damit werfen wir die Fesseln ab! Die Zeit der Heuchelei ist um!

VON DER PFORDTEN

Das Recht ist da, um Sicherheit und Ordnung als Erstes zu geben. Der Text der Staatsverfassung ist Gesetz zur Freiheit in der Ordnung. Denn sie gliedert Worte in ein Netz und zurrt sie fest, erhellt ihre Beziehung zueinander. Sie ist jene Poesie, die die Gemeinschaft unter Menschen webt und der gemeinen Existenz erst ihren Sinn verleiht. Ohne die Klarheit einer Weltauffassung kriecht der Mensch gleich einem wirbellosen Tier im Schlamm und sehnt sich ratlos nach dem Platz, dem ihm das Schicksal zugewiesen haben mag, — allein.
Wir geben für all jene, die die Sprache ihres Vaterlandes lieben, eine Antwort auf die Qual des modernen Verlorenseins und der ewigen Frustration. Unsere Werte werden selbst im Untergang noch Größe für die Nachwelt ausstrahlen, weil wir entschlossen sind, die Welt zu ändern und der Wahrheit in großen Schritten näher zu rücken!

AUFTRITT GÖRING.

GÖRING

Guten Tag!
Ich habe Neuigkeiten: Die Verbände sollen demnächst verboten werden. Gerüchte sagen, die Regierung macht jetzt Ernst mit uns. Sie will Bayern entradikalisieren und sucht dafür eifrig einen geeigneten Grund.

VON DER PFORDTEN

Es wird höchste Zeit, dass wir selbst an Macht und Ruhm gelangen.

GÖRING

Wir müssen einfach schneller gründen als verboten werden kann!

HITLER

Hermann, du hast dich wieder einmal um unsere Sache verdient
gemacht. Was du berichtest, zeigt nur, dass die Zeit uns wirklich
knapp wird.
Ich genieße manchen Zuspruch in der intellektuellen Öffentlichkeit.
Unsere Partei scheucht so manchen alten Sack im Parlament auf,
aber es gibt noch zu viel Gegenwind. Ich fürchte, wir sind bald
erledigt, wenn wir nicht die Verhältnisse zu unseren Gunsten drehen
können.

GÖRING

Wir sind biegsam und jung, flink und leidenschaftlich. Das Blut bei
den Saalschlachten ist guter Kit. Die Pfauen müssen nur gerupft
werden, bevor sie über ihre eignen Federn stolpern.

AUFTRITT SCHEUBNER-RICHTER.

SCHEUBNER-RICHTER

Leute, Kahr hält am Donnerstagabend, am achten November, um
zwanzig Uhr eine Rede, in der er seine Politik vorstellen will. Wir
sind nicht eingeladen...

HITLER

Der Dreckskerl will alleine handeln?!

SCHEUBNER-RICHTER

Ich habe es seit dem Ende unsrer Unterredung schon vermutet! Wir
kamen schlecht weg, sicher waren wir doch zu offensiv in unserer
Strategie. Kahr will seinen Vorsprung ausbauen. Aber das Beste
daran ist, dass Knilling und die anderen auch da sein werden. Wir

könnten alle auf einmal einsammeln, das ganze Kabinett...

GÖRING
Und dann eine frische Regierung machen!

HITLER
Sind Lossow und Seißer auch vor Ort?

SCHEUBNER-RICHTER
Sie werden auf dem Podium sitzen.

HITLER
In der Hitze des Moments sind sie vielleicht doch zu überzeugen...

SCHEUBNER-RICHTER
Es wäre auf jeden Fall eine verschenkte Gelegenheit, wenn wir nicht
zuschlagen!

HITLER
Wenn wir sie geschickt überrumpeln und ihnen alles servieren, dann
haben sie kaum eine Wahl. Dies ist vielleicht ein Angebot des
Schicksals...

GÖRING
Wie ich das höre, so sehe ich es: Die Zeichen stehen alle günstig.
Wir müssen die Initiative ergreifen, sonst tun es die anderen!

HITLER
Hermann, bring General Ludendorff und Dr. Weber rasch herbei! Es
geht ans Eingemachte! Wir planen den endgültigen Putsch!

GÖRING
Wie ein Himmelsbesen! (EILIG AB.)

SCHEUBNER-RICHTER
Die Antworten auf unsere bohrenden Fragen rücken vor.
Was macht die Notverfassung, Theodor?

VON DER PFORDTEN (WEIST AUF DIE DOKUMENTE)
Sie liegt in ihren Grundzügen vor deinen Augen!

SCHEUBNER-RICHTER
Ich staune!

VON DER PFORDTEN
Macht allein ist stumpf — sie bedarf der Staatsphilosophie und des
Gesetzes und des Rechts, um zu ihrer wahren Gestalt zu kommen.
Wenn Berlin in unsere Hände fällt, sind wir vorbereitet.

SCHEUBNER-RICHTER (LIEST AUFMERKSAM)
Äußerst modern — keine Gottesordnung, sondern der pure Wille
des Volks, geführt von einem fähigen Tribun. Wenn das nicht
geschichtsträchtig ist!
Ein begabter Jurist steht vor mir! — gleich einem Dichter, der den
Geschmack der Zeit zu treffen imstande ist.

VON DER PFORDTEN
Danke!

AUFTRITT GÖRING MIT LUDENDORFF UND WEBER.

GÖRING
Ich bin zurück und kündige die werten Herren an!

HITLER
Seid gegrüßt, General Ludendorff und Dr. Weber!

VON DER PFORDTEN, SCHEUBNER-RICHTER
Seid gegrüßt!

LUDENDORFF (NICKT)
Ich höre, es gibt Pläne...

HITLER
Die gibt es!

SCHEUBNER-RICHTER
Der Generalstaatskommissar von Kahr hält Donnerstagabend eine
Rede im Bürgerbräu. Das Kabinett ist anwesend und viele
hochdekorierte Politiker werden dieser Veranstaltung beiwohnen.
Mit anderen Worten: Der Hühnerstall ist randvoll!

WEBER
Ich rieche Gebratenes.
Wie steht es mit den Sicherheitsbestimmungen? Kommen wir da
rein?

SCHEUBNER-RICHTER
Nach meinen bisherigen Informationen wird das Bürgerbräu nur
spärlich bewacht sein.

HITLER
Mit den paar Wachen werden wir schon fertig. Pöhner hat uns
außerdem mit Pässen ausgestattet. Damit haben wir auch zu
einzelnen Regierungsgebäuden Zutritt.
Das verflixte Kabinett! Es ist glasklar: Es gibt keinen besseren
Abend für den Putsch!

LUDENDORFF
Ich verstehe nicht ganz — Sie wollen Kahr, Lossow und Seißer

festnehmen?
Zuletzt meinten Sie noch, man müsse mit Ihnen kooperieren —
ohne sie gehe es nicht.

HITLER
Ich will ihnen ein Angebot machen, das sie nicht ausschlagen
können.
Auf Lossow kann ich durchaus zählen. Doch der Gummilöwe
handelt ohne Kahr und Seißer nicht. Er lauscht dem Mund, der
seinem Ohr am nächsten ist, am deutlichsten. Kahr ist jedoch so
hartnäckig wie ein Fels. Er folgt jetzt seiner eigenen Linie und will
uns im politischen Gefecht ins Abseits rollen. Wir müssen ihn
überrumpeln und umstimmen, bevor er am achten November im
Bürgerbräu für seinen Kurs werben kann, ohne uns zu beteiligen.

SCHEUBNER-RICHTER
Diese Werbung unterbinden wir am besten mit einer gewaschenen
Aktion und ziehen Lossow und auch Seißer direkt mit. Am besten
ist es, wir machen bereits beschlossene Sache. Alle bewaffneten
Gruppen sollen auf die Straße gebracht werden. Sobald Bayern in
unseren Händen liegt, mobilisieren wir die Truppen nach Berlin.

GÖRING
Wenn wir an den wichtigsten Stellen gleichzeitig zuschlagen, kann
der Blitzfeldzug gelingen. Doch wir brauchen eine Menge Waffen…

SCHEUBNER-RICHTER
Sobald wir das Triumvirat am Tisch haben, ist die Freigabe der
Waffen nur ein kleines Telefonat fern. Am Ende fliegen die Gewehre
uns nur so zu: Wir müssen nur die Arme aufhalten!

WEBER
Unser Vorrat müsste für den Anfang mindestens reichen.

Wenn die bayerische Regierung derart rasch einkassiert ist, steht
Bund Oberland für alles bereit!
Wir werden die notwendigen Regierungsgebäude einnehmen und
besetzt halten.

HITLER
Sehr gut! General Ludendorff, haben Sie die Ehre den Zug später
anzuführen?

LUDENDORFF
Ich bin noch nicht so ganz im Bilde.

VON DER PFORDTEN
Er meint den folgenden Zug nach Berlin. Das Amnestiegesetz und
auch das Republikschutzgesetz verschafft unserem Handeln eine
rechtliche Absicherung, doch das Zeitfenster für einen Schlag wird
zunehmend geringer...

LUDENDORFF
Ich verstehe.

HITLER
Der Gruppendruck wird den Mann mit den zehn Daumen Kahr
schon umstimmen. Vertrauen Sie mir da! Ich habe jüngst mit dem
Triumvirat verhandelt, doch es scheint, sie haben es selber recht
eilig und können einen winzigen Schupser in unsere Richtung jetzt
gebrauchen.
Es geht auch darum zu verhindern, dass der König wieder
eingesetzt wird — unter der wohlwollenden Gnade der Kirche, wie
Kahr es letztlich will. Stattdessen errichten wir die
Nationalregierung, die uns vom Joch der Geißler in Berlin befreit.
Hier geht es letztlich um nichts geringeres als die völkische Sache...

LUDENDORFF
Der Klerus ist eine Bande von Heuchlern und die Ehre jedes
deutschen Mannes gilt mir mehr wert als die eines feigen Königs,
der statt zu kämpfen nur befiehlt! Ich verstehe, dass Sie die Gunst
der Stunde für einen sofortigen Sturz nutzen wollen.

HITLER
Angesichts der Dringlichkeit der Lage, können wir nicht länger
warten. Tun wir es den Vorbildern aus der Türkei und aus Italien
gleich und geben diesem Land endlich die Zukunft, die es braucht!

SCHEUBNER-RICHTER
Die zahlreichen Verbände werden uns willig zur Seite stehen, bis der
Staat zu unseren Füßen miaut. Die Berichterstattung führen wir
durch den Völkischen Beobachter an. Hermann Esser soll Plakate
drucken, die noch während der Aktion das Ziel verkünden.

WEBER
Wir sind an Mann allein schon stärker als die bayerische Regierung.

HITLER
Kann ich auf Sie zählen, General von Ludendorff? Werden Sie mit
mir vorangehen?

LUDENDORFF
Zur Ehre Deutschlands bin ich stets bereit!

GÖRING
Da spricht der heldenhafte Militär!

HITLER
Freunde, es gibt keine günstigere Gelegenheit! Vorausgesetzt, die
Sache ist gut vorbereitet, hat die lang ersehnte Befreiungsaktion

absolute Aussicht auf Erfolg. Freunde, bringen wir alle Leute, unsre gesamte Mannschaft auf die Straße!
Hermann Göring sammelt seine Sturmabteilung.
Weber, Sie halten den Bund Oberland bereit und positionieren sich in der Stadt. Informieren Sie Ernst Röhm! Er soll seine Reichskriegsflagge beim Wehrkreiskommando in Stellung bringen.
General Ludendorff, halten Sie den Kampfbund und die Ihnen unterstehenden Offiziere der Infanterieschule für 20 Uhr 30 zum Losschlagen bereit.
Ich werde Pöhner mit der Infiltration der Polizei beauftragen.
20 Uhr 30 ist die X-Zeit! Dann schlagen wir los! Mit einem Trupp von sechshundert Mann, aus meinem persönlichen Stoßtrupp und der Sturmabteilung, werde ich das Bürgerbräu stürmen. Kahr und Seißer werden staunen. Dann setzen wir den Knilling und seine alten Männer fest. Die Regierungsgebäude werden uns leicht offen stehen. Mit der Unterstützung des Triumvirats geht dann der Marsch auf Berlin!
Die Waffen für den Erstschlag nehmen wir uns aus unserem Vorrat. Im Verlauf des Abends bedienen wir uns dann aus der Feldzeugmeisterei. Weber, halten Sie vorsorglich einen Teil Ihrer Truppen dort bereit. Täuschen Sie eine Übung vor oder gebrauchen Sie im Notfall Gewalt!
Habe ich ein Detail vergessen? Was sagen Sie?

GÖRING
Großartig!

SCHEUBNER-RICHTER
Ein hervorragender Plan!
Wir sollten jedoch diese Pläne bis zum Zeitpunkt X noch streng geheim und unter uns halten. Wir dürfen nicht riskieren, dass sich etwas herumspricht. Unser Vorteil liegt in der gewissen Überraschung.

Ludendorff
Ich schweige wie ein Grab.

Weber
Der Plan ist kristallklar.

von der Pfordten
Ein reinigendes Feuer kündigt sich an!

Alle ab.

Szene 5: Auf der Straße

Auftritt Martha Müller und Hans Wüst.

Martha Müller
Ach, hallo Hans!
Dass ich dich hier treffe! Wie geht es deiner Lise?

Hans Wüst
Martha, grüße dich!
Die Lise liegt im Wochenbett und strahlt über beide Backen. Wir
sind glücklich noch einen Buben geschenkt bekommen zu haben.
Die Geburt gestern verlief glatt und ohne Komplikationen. Er heißt
Martin.

Martha Müller
Na, war es denn schon so weit? Wir haben uns wirklich lange nicht
gesehen!
Meine herzlichen Glückwünsche!

Hans Wüst
Danke Dir, liebe Martha! Wie geht es denn Euch?

Martha Müller
Meine Tochter hatte die Grippe. Aber sie springt schon wieder durch
den Garten.

Hans Wüst
Ei, die Bratzen sind fix! Aber eine Jugend ohne Freuden ist ein Jojo
ohne Schnur.
Schreibst du noch Verse?

MARTHA MÜLLER
Selten. Der Alltag fordert mich viel. Es ist hart geworden: Alles wird
teurer.

HANS WÜST
Ein Jammer das! Die Teuerung frisst alles auf, wir kleinen Leute
müssen stöhnen. Bald gibt es nur noch arme Tröpfe! Meine Taschen
halten nur noch Fussel: Fünf Mäuler muss ich füttern!

MARTHA MÜLLER
Der Krieg und dann die Seuche haben uns schon viel gekostet. Du
weißt, mein armer Bruder fiel in der Schlacht von Verdun. Ich
kümmere mich nun allein um die verwitwete Mutter. Mein Mann
kämpft täglich als Glasmacher für unseren Unterhalt. Ich verdiene,
was ich kann, als Wäscherin dazu. Es sind gutmütige Leute, bei
denen ich wasche, aber sie können oft nicht mehr zahlen, weil
ihnen selber das Geld fehlt. Die Kleine geht jetzt zur Schule, braucht
Hefte und Bücher und will mit dem Mädelverband auf Ausflüge
gehen. Für uns ist es nicht leicht, das alles zu stemmen. Und oft hat
man das Gefühl, die Politik dreht sich nur um sich selbst. Ich hoffe,
die Große Koalition unter Stresemann bringt endlich eine
tatkräftige Veränderung...

HANS WÜST
Es geht turbulent zu, das kann man sagen! Die Regierung rudert
sich stets ans Ufer zurück, wie's scheint. Es geht kaum schleppend
voran. Hast du gehört? Sie wollen endlich eine Währungsreform
einleiten und die Rentenmark einführen. Eine Rentenmark für die
Billion Papiermark!

MARTHA MÜLLER
Wird auch Zeit! Die Leute sind hier schon zu lange unruhig.

Hans Wüst
Ob das Ende des passiven Widerstands im Ruhrgebiet doch nicht
die falsche Entscheidung war…? Das hat die Lage zugespitzt, hat
man den Eindruck.

Martha Müller
Ich bin nicht froh darum. Wer könnte es sein, bei diesen Preisen?
Und sparen nützt ja nichts mehr!

Hans Wüst
Ja, sparen an Luxus, was vorher Alltäglichkeit war.

Martha Müller
Der Krieg hat uns die schwerste Bürde aufgeladen…
Dass Menschen nur so unnötig grausam gegen einander sein
können!

Hans Wüst
Wenn nur die Schuldfrage endgültig zu klären wäre. Aber niemand
weiß, wer angefangen hat. Kain oder Abel?

Martha Müller
Wir können nur hoffen, dass es klügere Menschen als wir sind, die
dieses Land regieren.

Hans Wüst
Viele misstrauen neuerdings Berlin. Die Zeit fällt aus dem Rahmen,
der Boden schwankt.
Aber ewig konnte der Widerstand doch nicht standhalten.

Martha Müller
Es nützt ja nichts. Die Besetzer sind im Recht. Wir haben den
dummen Krieg schließlich verloren. Wir müssen es tragen.

HANS WÜST
Oder demonstrieren gehen!

MARTHA MÜLLER
Das ist mir zu gefährlich. Die Fronten sind verhärtet. Brutale
Menschen tummeln sich dort wie auf Schlachtfeldern.
Ich hoffe, wie die Lämmer mit der Milch der Mutter wachsen, die
neue Regierung wird es richten. Reichskanzler Stresemann wirkt
wie ein fähiger Politiker, der auch im Ausland einigen Respekt
genießt.

HANS WÜST
Hoffnung ist gut. Wer soviel Mut noch übrig hat!
Die Mittelschicht verschwindet. Woran wir glaubten, geht nun
vollends unter.
Weißt du, Martha, wären meine Kinder nicht und meine Frau, ich
wär' nicht mehr... Meine persönliche Bilanz aus all der Not ist das
bescheidene Glück in meiner Familie.
Ich bete, dass die Währungsreform jetzt bald kommt, denn länger
kann ich mir das Leben sonst nicht mehr leisten. Ich schufte in drei
ermüdenden Anstellungen und würde nicht einmal eine
Lebensversicherung bekommen, um meiner Frau und den Kindern
etwas zu hinterlassen, sollte ich sterben.

MARTHA MÜLLER
Die neusten Entwicklungen sind gut. Lass uns nur frohen Mutes
sein, dass die Regierung die Inflation und die überall
hervorkrabbelnden radikalen Rechten bezwingen wird. Es wird
schon eine bessere Zukunft für uns kommen und das Land wird
dann ein friedlicheres sein.

HANS WÜST
Und mit etwas Glück auch bald genug, dass es auch mir noch nützt!

Martha Müller
Ich sage immer: Schlimmer als Krieg, Seuche und Hunger wird's
nimmer.

Hans Wüst (lacht)
Und ich sage: Die menschliche Existenz ist ein Witz, bei dem Gott
die Pointe vergessen hat.

Auftritt Helene Hanfstaengl in guter Garderobe.
Ernst Hanfstaengl fährt mit einem Cabriolet vorbei und hält vor
Helene.

Helene Hanfstaengl
Du kommst wie gerufen!
Schau, diese wunderschöne Rosengoldkette habe ich eben beim
Juwelier gefunden.
Sieht sie nicht wunderbar exotisch aus?

Ernst Hanfstaengl
Sie verzaubert deinen unbeschreiblichen Hals, mein Goldstück!
Komm, steig ein, wir fahren zu unserem Freund Friedrich! Er gibt
heute Abend eine kleine Feier zu Ehren eines Autors, den er neu
verlegt hat.

Helene Hanfstaengl
Ist das wieder so eine langweilige Altherren-Soirée?

Ernst Hanfstaengl
Meine Helene, du siehst überall gleich den Antichrist der Unlust!
Keine Sorge, ich schleife dich diesmal nicht auf eine langweilige
Altherren-Party. Auch die Damen sind dabei. Es soll ein junger
Autor sein. Das wird mit Sicherheit ein Spaß!

HELENE HANFSTAENGL
Ich nehme dich beim Wort!
Vorher lass uns aber noch einen Abstecher bei Rolands machen. Ich
wollte mir von dem Apotheker noch ein Mittelchen gegen meine
trockene Haut geben lassen.

ERNST HANFSTAENGL
Wie Sie wünschen, meine verehrte Prinzessin Helene!

SIE FAHREN DAVON.

MARTHA MÜLLER
So schick müsste man sein!
Die hat den richtigen gefunden!
Naja, Ade, Hans! Grüß mir die Lise und deine Kleinen!

HANS WÜST
Auf Wiedersehen, Martha, mach's gut!

SIE GEHEN.

Akt 2

Szene 6: Die Rede

KNILLING
Meine sehr verehrten Herren und liebe Freunde!
Es freut mich, Sie heute so zahlreich im Saal hier versammelt zu sehen.
Es bedarf wohl zwar keiner gedehnten Vorrede, doch lassen Sie mich die Gelegenheit nutzen, um ein paar einleitende Worte zu diesem Anlass zu verlieren.
Wir stecken in einer komplizierten Lage, wie Sie alle wissen. Es ist noch nicht lange, seit ich jene Notstandsmaßnahmen ausrief und zugleich Ritter Gustav von Kahr als besonderen Generalstaats-kommissar in den Dienst stellte.
Es sind sehr schwierige Zeiten und wir alle fragen uns, — wie sieht die Zukunft aus?
Viele von Ihnen sind unzufrieden mit der Reichspolitik, die Skandale wollen gar kein Ende nehmen und wir sehen das Land in der bittersten Krise seit Jahrzehnten, wenn nicht Jahrhunderten.
Das hier versammelte (und von mir eigens berufene) Triumvirat hat unschätzbare Arbeit geleistet im Kampf gegen Berlin und sucht die strategische Nähe zu den vielen rechten Verbänden und Gruppen, die heute so viel an Bedeutung gewinnen.
Nun, Gustav von Kahr selbst wird Ihnen in seiner ausführlichen Rede Methoden und Ziele seiner Politik schrittweise darlegen. Bald gefolgt von Landeskommandant General von Lossow und von Polizeioberst von Seißer, die in ihren Reden mit ihren verwandten

Sichtweisen anschließen werden.

Zu dem Zweck, dass wir hier im offenen Format diskutieren und hören können, was das Triumvirat an grundsätzlicher Entwicklung sieht, habe ich diesen Abend entscheidend mitgetragen. Ich hoffe sehr, dass wir aus diesem informellen Politikabend mit vielen neuen Impulsen hervorgehen.

Leider sitzen wir alle in derselben Barke auf der zusehends stürmischeren See, die uns in einen dunkleren Abgrund zu ziehen sich anhebt. Deshalb ist es von umso größrer Bedeutung — wenn Sie diesen bäurischen Ausdruck verzeihen, dass wir den Mais dort abmähen, wo die Schweine herankommen können.

Ich wünsche uns allen eine denkwürdige Veranstaltung!

(Er hebt ein Bier.)

In Bayern wird keine vernünftige Staatspolitik ohne Fassbier gemacht! Und in diesem Sinne bleibt mir nur zu sagen: Prosit! Ich übergebe nun das Wort an Herrn Gustav von Kahr.

Kahr

Ausgesprochenen Dank, Herr Minister Eugen von Knilling!

Es ist mir eine Ehre, in diesem Rahmen die Möglichkeit zu haben, vor Ihnen allen zu sprechen und meine Ideen zur Lage mit Ihnen zu teilen.

Nun bin ich kein Neuling in dieser politischen Arena. Es war mir immer ein Anliegen, Bayern als Ordnungszelle gegen den chaotischen Norden zu stellen. Ich habe kein Blatt vor meinen Mund gehalten und stets frei gesprochen. Geheimniskrämerei liegt mir fern — das können Sie alle bezeugen, denn ich habe schon in der Vergangenheit dafür bezahlt. Als Bollwerk der Rechtschaffenheit brachte ich uns gegen Berlin in Stellung, gegen dieses verdammte Babylon!

Und im Gegenzug beschimpft man uns als Hort der Reaktion und hält mich für einen Provinzler. Doch ich sage Ihnen deutlich: In der Zeit, in der wir leben, stimmt etwas gewaltig nicht!

Wie kann es sein, dass nur die großen Städte alles fressen, während die Bevölkerung abseits der Zentren darbt?

Wie kann es sein, dass ungesunder Sittenwandel zur Moral erhoben wird, während Vernunft und Brauchtum täglich in den Dreck gezogen werden?

Meine Herren, ich sehe einen Streit zwischen der Metropole und der Provinz. Seit dem Krieg hat sich das Land gespalten. Die Einheit, welche die Krone vormals nicht nur rein symbolisch, sondern ganz real bedeutet hat, ist dahin! Man sieht, was die plebejische Demokratie mit ihren Bürgern anrichtet: Gewinnsucht und Betrügerei stehen ganz oben auf der Tagesordnung. Die Ermordung politischer Gegner ist salonfähig geworden. Das alte Gefüge ist zerbrochen. Die Orientierung ist verloren. Denn eine Demokratie kann niemals funktionieren — die Menschen sind dafür viel zu viele und zu eigensüchtig. Sie ist jenes unbefriedigende Regierungssystem, das sich auf nichts als Frustration gründet. Sie webt einen Flickenteppich ohne Muster und bringt den Menschen durch ihre inherente Relativität der Werte ins Ungleichgewicht. Ich hingegen glaube, Menschen leben am besten in Ruhe und in ihrem Stand. Wenn jeder weiß, wo sein Platz ist, gibt es auch keinen Streit. Wenn Formen und Rechte, Rituale und ehrlicher Standesethos eingehalten werden, lebt es sich respektvoll und in Frieden. Demut lenkt den Weg der Menschen und auch Dankbarkeit.

Ich habe jüngst bei Kronprinz Rupprecht Audienz erhalten. Eine Rekonstitution der Monarchie ist immer noch möglich. Meine Herren, beenden wir das Abenteuer! Kehren wir zurück auf den bewährten Pfad, den uns der Krieg und die Revolution verschüttet haben. Viele hundert Jahre haben Könige das Volk geführt. Ihr Blut und Adel, Tradition und Kirche haben sie dazu befähigt und berechtigt.

Unsere moderne Zivilisation hat keinen Deut Respekt vor den christlichen Werten, die uns erst hierher gebracht haben. Diese

Gesellschaft fußt auf dem Fundament des christlichen Glaubens, doch versinkt sie täglich im Treibsand der Korruption. Ohne Rückbesinnung auf unsere Werte, finden wir keinen Halt und die großen Städte werden das Leben des einfachen Bürgers mit Haut und Haar verschlucken.

Lasst uns die soziale Unruhe mit Menschlichkeit bekämpfen! Kirche und Klasse geben Halt und schützen gegen den ungesunden Ehrgeiz ungehobelter Emporkömmlinge, die von außen kommen, aus fremden Gebieten. Des Chaos wird schließlich nur Herr, wer sich der unverrückbaren Werte erinnert, die seinen Waffen jene ureigene Kraft geben, mit der er es bezwingen kann. Wenn wir die Misstände unseres Landes ernsthaft angehen wollen, müssen wir Krone und Tiara in unserem Rücken haben. Denn die Zukunft liegt in der Vergangenheit!

Demokratien waren nur von kurzer Dauer in der Weltgeschichte. Kehren wir zur Wirklichkeit zurück!

Denn während wir warten, bis diese Schlamper in Berlin unseren Staat endlich auf Vordermann gebracht haben, lauert schon ein anderer Feind vor unserer Haustür. Die Seuche des Marxismus ist das vollkommene Böse! Sie kriecht in jeden Spalt hinein, der nicht vorher gut versiegelt wurde. Wie sie das gesamte Zarenhaus in Russland hingemordet haben! Welche Brutalität! Keinen Respekt vor der Kirche noch vor der adeligen Gesellschaft können wir von den Sozialisten erwarten! Sie sind nur vom Hass auf alle Reichen getrieben und wollen uns das Geld wegnehmen für ihre angeblichen höheren Ziele. Soziale Gerechtigkeit wird dadurch freilich nicht erlangt, sondern nur durch standesgemäße ehrliche Arbeit!

Bis 1922 hatten wir annähernd Vollbeschäftigung. 60 bis 70 Prozent des Vorkriegsniveaus der Industrieproduktion hatten wir erreicht. Nun greift die Armut um sich. Die demokratische Regierung hat klar versagt. Nicht dieser Pseudostaat braucht Geld — sondern Stimuli braucht unsere Wirtschaft jetzt dringend, Steuersenkungen,

Arbeitsplätze, Aussicht auf stabiles Wachstum. Vollbeschäftigung muss darum erstes Ziel von meiner Politik sein. Zweitens werde ich die Erbschaftssteuer abschaffen — und jede einmalige Abgabe vom Spitzenverdienern. Als ob so eine Vermögenspolitik etwas ändert! Nichts als schlechte Alibis fürs eigene Versagen sind das!

Die Verschuldung hat uns erst in die Misere gestoßen. Berlin nimmt immer höhere Kredite bei der Reichsbank und kurbelt immer häufiger die Betätigung der Notenpresse an. Kein Wunder, wie zügig der Kaufkraftverfall der deutschen Währung voranschreitet. Die Löhne kommen nicht nach. Armselige Regierung, die sich nicht zu helfen weiß! Sie wissen es, man treibt Handel mit Naturalien, tauscht Lebensmittel, Zigaretten, Kohle, und der Einzelhandel hortet seine Waren. Plünderungen, Hungerdemonstrationen — die Ordnung ist schlichtweg dahin! Jüngst gab es Ausschreitungen im Berliner Scheunenviertel. Das Gerücht ging um, die Ostjuden manipulierten dort die Brotversorgung.

Doch was nützt es, all dies aufzuführen?! Dass die Menschen leiden, ist bekannt. Dass wir betrogen sind, ist auch in aller Munde. Der Versailler Vertrag dient Berlin als Ausrede für beinahe alles. Der Widerstand allein bleibt uns, Beharrlichkeit im Angesicht der Not! Bayern wird wieder stark, wenn wir den Schutz der alten Werte suchen: Krone und Kirche stehen bereit, uns mit offenen Armen zu empfangen. Und gemeinsam lösen wir uns so vom Joch der Preußen!

Der Kurs ist klar: Wir müssen uns entschieden abgrenzen und unser Militär stärken! Suchen wir kräftige Verbündete unter den fallengelassenen Streitern des großen Krieges und sichern wir die Grenzen und bilden eine Front gegen Marxismus, Leninismus und Bolschewisten! Kronprinz Rupprecht wird die Umbildung des Staates mittragen und auch den Segen des Papstes für uns einholen. Meine Herren, nur gemeinsam trotzen wir dem Elend, das ein Land in Knechtschaft zeichnet! Nur gemeinsam können wir das Schicksal wenden. Reformieren wir unser geschlagenes Bayern und

kehren um, zurück zu Zeiten als die Ehre mehr galt als eine Zankerei
um Nichts!
Lasst uns als Bayern vorangehen! Geben Sie mir Ihre Stimme,
folgen Sie dem Geist...

SCHULTZE (FORMT SEINE HÄNDE WIE EIN TRICHTER AN DIE LIPPEN)
Wann fährt das Schiff denn endlich in den Hafen?!
Wollen Sie das Parlament auflösen? Wo ist Kronprinz Rupprecht
heute Abend?
Wie stellen Sie sich die Reaktion aus Berlin vor? Wird es einen
Marsch geben? Werden Sie konkret!

SEISSER
Ruhe da hinten!

LOSSOW
Welche Frechheit!

KNILLING
Da will wohl jemand mitreden!

KAHR
Will der Herr vortreten? Vielleicht weiß er alles besser?
Meine Rede ist noch nicht zu Ende. Geduld, der Herr, ist eine
Tugend, die dem Wohlerzogenen ansteht. Ich kann Ihn gerne darin
unterrichten, wenn er sich erkenntlich zeigt!
Stille?
Nun denn, wo war ich? —Ach ja, ich sprach von bevorstehenden
Reformen: Der Rekonstitution der Monarchie. Lasst uns als Bayern
vorangehen! Geben Sie mir Ihre Stimme, folgen Sie ...

Szene 7: Der Pistolenschuss

Menge (ruft durcheinander)
Seht her: Der Heiße-Luft-Verkäufer!
Endlich passiert was!
Er sieht aus wie ein nervöser Bräutigam am Hochzeitstag!
Der kleine Concierge!
Deutschland braucht Führung!
Ein Steuereintreiber in seiner feinsten Wolle!
Hört: Der Mann hat was zu sagen!
Zwerg mit Rotzbremse!
Der Schreipilz aus Österreich!
Bravo für diesen Auftritt!

Hitler (nach dem Pistolenschuss)
Die nationale Revolution ist ausgebrochen!
Ich erkläre die bayerische Regierung sowie die Reichsregierung in
Berlin für abgesetzt.
Hiermit verkündige ich die Bildung einer nationalen Regierung
unter Beteiligung der NSDAP sowie einiger wichtiger Herren hier
im Saal.
Dazu bitte ich das Triumvirat in den Nebenraum, um alles zu klären.
Ich warne Sie! Das Versammlungslokal ist von den Truppen der SA
umstellt! Ich rate Ihnen, allen Anweisungen Folge zu leisten. Herr
Göring wird zu Ihnen sprechen. In Kürze treten das Triumvirat und
ich mit einer Ansage wieder auf.

Hitler, Pöhner, Weber und ein Bewaffneter führen Kahr, Lossow und

Göring
Bewahren Sie die Ruhe!
Meine Herren, es ist so weit! Endlich werden Sie Zeuge einer
großen Bewegung: Wir sind hier, um endlich reinen Tisch zu
machen! Zu lange sind wir alle der schlechten Regierung zum Opfer
gefallen. Die Zeit ist da — wir werden einen neuen Anfang wagen!
Wie lange ist Deutschland sauer abgestanden worden?
Wie lange mussten wir unter den Feinden buckeln und uns von den
Marxisten bedrohen lassen?
Diese Schmach ist jetzt vorbei! Empfangen Sie unsere Botschaft!

Esser (verteilt Flugblätter)
Proklamation an das deutsche Volk! Die Regierung der
Novemberverbrecher in Berlin ist heute für abgesetzt erklärt
worden. Eine provisorische deutsche Nationalregierung ist gebildet
worden, diese besteht aus General Ludendorff, Adolf Hitler, General
von Lossow, Oberst von Seißer.

Szene 8: Die Überzeugung

Hitler betritt den Nebenraum, gefolgt vom Triumvirat und dem Bewaffneten. Sie setzen sich an einen Tisch. Es folgen Pöhner und Weber. Weber positioniert sich an der Tür.

Hitler (legt seine Pistole ab)
Niemand verlässt diesen Raum ohne meine Erlaubnis lebend!
Vier Kugeln — drei für jeweils einen von Ihnen und eine für mich, wenn die Sache schief geht. (lacht)
Meine Herren, bitte entschuldigen Sie die gehörige Überraschung. Doch nun ist es so weit! Unsere Stunde hat endlich ihren süßen Ton geklungen: Die deutsche Revolution ist ausgebrochen!
Sämtliche Stadträte und Minister werden schon in wenigen Augenblicken unter meiner Kontrolle sein. Eine Armee von Anhängern steht draußen vor dem Saal, die auf meinen Wink inbrünstig bereit sind für ihr Vaterland zu sterben. Ein bewaffneter SA-Trupp hält im Moment weitere hochrangige Politiker an einem sicheren Ort als Geiseln fest. Dorthin werde ich auch Knilling und alle anderen hier Versammelten bringen lassen, während im Bürgerbräu zeitweilig das Hauptquartier aufgeschlagen wird.
Meine Herren, der lang ersehnte Putsch steht jetzt unmittelbar bevor. Kein Zögern mehr!
Mein Ziel ist ein sofortiger Aufstand! Nach dem Vorbild des Marschs auf Rom der italienischen Faschisten um Benito Mussolini sollen die in Bayern stehenden Reichswehrverbände heute zusammen mit meinen Wehrverbänden und Truppen auf nach Berlin marschieren und dort alle Macht im Deutschen Reich übernehmen.
Wie abgesprochen, fallen gut bezahlte Posten für Sie ab.
Was sagen Sie?

Lossow
Ist Ludendorff dabei?

Hitler

Im selben Augenblick befindet er sich auf dem schnellsten Weg
hierher.

Seisser

Da Sie uns komplett umstellt haben, bleibt uns wohl nichts anderes
mehr übrig...

Kahr

Die Leute werden es nicht glauben, da wir mit der Waffe abgeführt
worden sind.

Hitler

Warten wir es ab...
Ich weiß, diese Situation ist für Sie schwer, aber der Schritt muss
getan werden.
Eine kleine Minderheit kann den Gang der Geschichte ändern — ein
winziger Setzling wächst rascher als Riese in den Himmel, als ein
Bürokrat die Lesebrille findet.
Lenin in Russland und Atatürk in der Türkei, um nur zwei Namen zu
nennen, haben gleich Blitzen ihre Länder elektrifiziert. Der
Weltgeist ist wie verwandelt. Ein Wanken wäre jetzt Verrat an Land
und Volk! Denken Sie an die Möglichkeiten, die uns bald zur
Verfügung stehen werden! Denken Sie an das Morgenrot der
besseren Zukunft!
Ich helfe Ihnen nur mit der Entscheidung — Kahr, als Vizekönig der
Monarchie sollten Sie als Erster zustimmen! Das Unrecht, das an
der königlichen Dynastie begangen wurde, können Sie heute mehr
als richtig stellen.
Lossow, werfen wir die Fesseln ab! Die Reichswehr braucht uns
heute mehr denn je!

Die Aktion trifft uns völlig unvorbereitet! Sie stolpern hier herein…
Sie überfallen uns ohne Vorwarnung und dann erwarten Sie, dass
wir bedingungslos kooperieren?!

Hitler

Sehen Sie es als Entscheidungshilfe — die gesamte väterländische
Bewegung ist auf den Straßen! Die Menschen sind es müde, dass
die Politik tatenlos zusieht, während sie jeden Tag größere Lasten
tragen. Ziehen Sie jetzt mit!
In Windeseile haben wir das Pferd neu aufgezäumt und reiten in
den Morgen einer erneuerten Gesellschaft, die wieder froh und frei
das Leben grüßt!
Lossow, geben Sie sich einen Ruck! Wir haben oft genug diskutiert,
heute wollen wir handeln.

Lossow

Ich sehe, Sie sind fest entschlossen und haben alles wohl vorbereitet.
Ich darf nun hinzufügen, dass ich nicht glaube, dass die Reichswehr
auf uns schießen wird. Ich weiß, von Seeckt hält einen Kurswechsel
ebenfalls für notwendig und wird zunächst nicht reagieren, sondern
abwarten. Wenn wir es binnen weniger Stunden nach Berlin
schaffen und die Polizei überwältigen können, müsste der Putsch
aufgehen. In allen Fällen — das Gesetz ist recht schwach gegen
politischen Protest. Als der künftige Reichswehrminister bekräftige
ich darum, dass ich meine Truppen sofort mobil machen kann.

Hitler

Ich wusste, dass ich auf Sie zählen kann, Lossow!
Seißer?

Seisser

Da es sich um eine bereits beschlossene Sache handelt, will ich auch

nicht im Wege stehen. Sofern auch Sie Ihr Wort halten, müssen Sie
von meiner Polizei nichts mehr befürchten.

HITLER
Pöhner, habe ich jemals mein Wort gebrochen?

PÖHNER
Niemals in den seriösen Dingen.

KAHR
Bin ich hier der Einzige, den ein faules Gefühl befällt?
Wenn ich es richtig im Gedächtnis habe, hatten wir vereinbart, noch
zu warten, bis der Pfad geebnet ist. Sie preschen vor, Herr Hitler,
obwohl Sie versprochen haben, nicht ohne unsere Zustimmung zu
handeln! Ihre Initiative mag lobenswert sein, aber haben Sie auch
durchdacht, wie Sie ins Innere des Reichstags kommen? Glauben
Sie wirklich, das Volk empfängt Sie ohne Widerstand als ihren
rechtmäßigen Tribun? Wie, denken Sie, wird man im Ausland
reagieren? Wollen Sie wirklich zurück zur Monarchie oder ist sie ein
Vorwand für die eigene Machtergreifung?

IN DIESEM MOMENT ERSCHEINT LUDENDORFF IN ZIVIL.

HITLER
Der Teufel kennt die Zeit!

LUDENDORFF
Komme ich zu spät?

HITLER
Auf den Punkt. Kahr braucht Ihre Hilfe.

Mein ehrwürdiger Kollege, die Sache ist geritzt. Keinen triftigen
Grund gibt es, heute nicht mitzuziehen. Alle stehen in der Stadt
bereit und warten darauf, dass es losgeht. Ich bin selbst ganz
überwältigt von der unüberblickbaren Masse. Der Aufruf kam
derart plötzlich, dass ich nicht mal meine Uniform überwerfen
konnte. Unser Vorteil liegt in der Überraschung!
Was zögern Sie noch? Das ist unsere Chance!

KAHR

Dieses Drama wird in der Tragödie enden. Die Aktion ist zum
Scheitern vorbestimmt — oder wird, sollte sie zufällig doch
gelingen, nicht sehr lange anhalten. Selbst wenn der Sturz der
Regierung ohne nennenswerten Verlust glückt, sind die
gefährlichsten Hürden noch zu nehmen. Jede Operation des
Militärs ist ein Verstoß gegen den Versailler Vertrag. Das Ausland
hat seine Aufmerksamkeit auf uns geheftet und wird eine politische
Überholaktion dieses Ausmaßes nicht dulden. Seit dem
Kriegsverlust sind wir an die Bedingungen gebunden, welche der
Vertrag uns auferlegt. Das Risiko, dass durch eine Provokation
mehr Leid entsteht, ist sehr hoch. Offene Gewalt ist keine kluge
Lösung. Roheit erreicht noch im besten Fall mehr Barberei als die
Verwirklichung der Ziele, für die man sie eingesetzt hat.

HITLER

Sie wollen sich und die Bevölkerung diesem Sklavenvertrag
aufopfern? —Zum Preis einer unversehrten Nase! Welch schlecht
versteckte Feigheit!
Sie enttäuschen mich, Ritter von Kahr!
Das Selbstbestimmungsrecht der Völker steht viel höher als ein
Demütigungszettel, der uns aufgebunden wurde. Die Völker der
Welt werden das schon begreifen.
Als ich damals von einer Senf-Gas-Attacke getroffen im Lazarett

liegend halbbewusst so vor mich hin sinnierte, wenn die Reizungen und Schmerzen mich nicht bis an den Rand meiner Kräfte forderten, schwor ich weder Ruhe noch Frieden zu kennen, bis Gerechtigkeit widerfahren, unsere Ehre wiederhergestellt und alle Defätisten und Novemberverbrecher zur Rechenschaft gezogen sein würden.
Ich für meinen Teil stehe bereit ein Deutschland der Größe und Macht, der Freiheit und der überstrahlenden Magnifizenz aufzubauen. Die Menschen haben es verdient! Sie sollen wieder stolz sein konnen!
Wir alle, die wir hier in diesem Bierkeller versammelt sind, sind heute auch berufen, durch Wahl oder Entscheidung nach vorn gesandt, eine neue Gesellschaft zu errichten, die jedem fähigen Charakter eine Chance gibt und den wahren Wert der Menschen erkennt. Als Politiker tragen wir Verantwortung. Teilen Sie sie mit der Zukunft! Denn der Triumph des Willens muss den Frieden der Schande, die uns lange gequält hat, schon sehr bald beerdigen. Herr Kahr, es wird Zeit, dass Sie ihren Schweinehund vollends besiegen!

Entschuldigen Sie, dass ich Ihre mühsame Dialektik störe. Aber die Meute lärmt!
Es wird zunehmend unruhiger im Saal.

HITLER
Danke, Weber! Bis sich die Herren hier entschieden haben, werde ich Ordnung in die Veranstaltung bringen. Sie werden sehen: Das Wort beherrscht die Waffe wie die Sonne Licht und Schatten.

HITLER VERLÄSST DIE KAMMER UND TRITT IM SAAL AUF. ES BRANDET EINE WELLE DER ERREGUNG AUF. ER BETRITT DAS PODIUM MIT RASCHEN SCHRITTEN. GÖRING UND ESSER TRETEN BEISEITE.

MENGE (KLATSCHT UND SCHREIT DURCHEINANDER)
Endlich!
Bananenkiste!
Was soll das Theater?
Manege frei!

ESSER
Haltung im Saal!

GÖRING
Hitler hat das Wort!

HITLER (ÜBER DEN LÄRM)
Wenn nicht Ruhe wird, lasse ich ein Maschinengewehr auf der
Galerie aufstellen!
(BEHERRSCHT, OHNE PATHOS) Sie fragen sich sicher, was gerade im
Gange ist. Sie sind Zeuge einer gewichtigen Unterhandlung, bei der
es um nichts geringeres als um die politischen Ziele der neu
einzusetzenden Führung geht. Was geschieht, richtet sich in keiner
Weise gegen Kahr. Er hat mein volles Vertrauen und soll
Landesverweser in Bayern werden, sobald die Situation stabilisiert
ist. Gleichzeitig muss eine neue Regierung gebildet werden:
Ludendorff, Lossow, Seißer und ich — der erste Schritt zu einer
ernsten Korrektur der schiefen Verhältnisse.
Genug von einem Land, wo der Kaffee nach Rübe schmeckt und das
Bier nach Spülwasser, wo viele unserer Brüder unterernährt sind
und wir uns für eine fadenscheinige Korrektheit noch verstellen
müssen! Es gilt jetzt zur Tat zu schreiten und das Leben in
Deutschland ernsthaft zu verändern. Helfen Sie mit! Verleihen Sie
Ihrem Willen Ausdruck!
Draußen sind die Herren Kahr, Lossow, Seißer, sie ringen schwer
mit dem Entschluss. Kann ich ihnen sagen, dass Sie hinter ihnen
stehen werden?

MENGE (WIE VERWANDELT)
Ja! Ja!

SCHULTZE
Der Mann hat Schneid!

HITLER
In einem freien Deutschland ist auch Platz für ein selbstständiges
Bayern! Das kann ich Ihnen sagen: Entweder beginnt heute Nacht
die deutsche Revolution oder wir sind alle morgen früh tot!

DIE MENGE APPLAUDIERT ERREGT. HITLER STÜRMT INS NEBENZIMMER ZURÜCK.
DORT STEHT KAHR AM FENSTER UND RAUCHT EINE ZIGARRE. ES HERRSCHT
STILLE.

HITLER (LANGSAM)
Die Menge ist sich einig. Sie wollen Veränderung.
Gibt es noch Grund, länger zu warten?

LUDENDORFF (ZU KAHR)
Es geht hier um die Ehre Deutschlands, vergessen Sie das nicht!
Alles, was Sie am Kaiserreich wertschätzen, bewundern und lieben
konnten, ging mit dem Ende des Krieges und dem Aufbau der
Weimarer Republik zugrunde. Was liegt Ihnen noch an dem Staat,
der uns mit Füßen tritt?
Ich habe schon andere tatsächlich gescheiterte Putschaktionen
überlebt. Es war trotz allem der Mühe wert, es zu versuchen —
besser, als auf herbeifliegende Wunder zu hoffen. Diesmal stehen
wir auf ziemlich festem Grund und die Bewegung hat deutlich mehr
Schwung. Die Wette, dass es glückt, ist einen Einsatz wert.

PÖHNER
Oder für den Fall, dass Sie sich aus der aktiven Politik sollten

zurückziehen wollen, findet sich sicher jemand, der Ihre Aufgaben übernimmt. Verstehen Sie mich hier nicht falsch, natürlich werben wir um Sie zuerst und sind um Sie ehrlich bemüht. Es wäre schade, wenn wir Sie nicht doch noch umstimmen könnten. Doch müssen wir jetzt zu einem Ergebnis kommen.

KAHR
Ich bin schon überzeugt.

WEBER
Es wird auch Zeit! Die Menge draußen wird schon wieder ungeduldig.

HITLER
Die Welt ist nur für den veränderlich, der alle Angst beiseite tut. Dann lasst uns nun nach draußen treten und die frohe Botschaft allen laut und klar verkünden. Und vergessen Sie nicht Ihre Rede mit der Zusage Ihrer Beteiligung zu schließen!

DIE GRUPPE VERLÄSST DEN NEBENRAUM UND KEHRT ZURÜCK AUFS PODIUM DES BRÄUKELLERS.

GÖRING (IN DEN SAAL)
Aufmerksam! Sie kommen!

HITLER
Wir sind zurück, die Herrschaften! Wir haben den Entschluss soeben endgültig gefasst: Wir werden die neue Regierung bilden und Berlin noch in der Nacht einen Besuch abstatten. Die verehrten Herren werden sich nun jeweils selbst mit einer kurzen Ansprache anschließen.

ABWECHSELND TRETEN KAHR, LOSSOW UND SEISSER VOR. DIE MENGE JUBELT

KAHR
Schweren Herzens akzeptiere ich den Ruf zum Dienst in des Landes
Stunde der größten Bedrängung! Niemand kann noch ruhigen
Gewissens zusehen, wie das Land allmählich von Dunkelheit
überschattet wird. Es muss noch Anführer geben, die wissen, was
getan werden muss, die sich nicht aus der Fassung bringen lassen
und eine gerechte Sache erkennen, wenn sie vor ihnen steht. Noch
ehe die Nacht zu Ende ist, wird sich entschieden haben, welcher
Stern fortan unseren Weg erhellt.
(NACH EINER PAUSE) Ich sage hiermit Ludendorff und Hitler meine
Unterstützung zu!

LOSSOW
Wir haben heute am eigenen Leib erlebt, wie sich in wenigen
Stunden die Welt komplett drehen kann. Wir haben heute die
Möglichkeit in die Hand bekommen, das Schicksal herauszufordern
und einen Kurs für unser Land zu wählen, der uns nicht in den Ruin
führt, sondern das Schlimmste verhindert. Uns bleibt heute keine
Wahl, wenn wir nicht bereit sind, die Entgleisungen der jüngsten
Politik weiter zu dulden. Wir sind aufgefordert, die Ereignisse selbst
zu beeinflussen und uns erfolgreich durch das gefährliche Wasser zu
manövrieren. Schon sehr bald wird sich zeigen, wer den Kopf oben
behalten wird. Wir sind jetzt jedenfalls im Bilde, wo die Reise
hingehen soll!
Ich sage hiermit Ludendorff und Hitler meine Unterstützung zu!

SEISSER
Ich kann mich den Vorrednern nur anschließen. Die Stunde der
Wahrheit scheint gekommen: Alles ist beschlossen, wir können nur
die Reaktion aus Berlin abschätzen und uns vorbereiten. Viel Zeit
wird es nicht geben. Handeln ist jetzt zur Stunde oberste Priorität.

Keiner von uns hätte sich noch vor Tagen träumen lassen, dass
soviel von seiner Entscheidung abhängt. Wir sind heute Abend alle
in die Pflicht für unser Land genommen. Mögen die Sterne günstig
stehen!
Ich sage hiermit Ludendorff und Hitler meine Unterstützung zu!

HITLER (KLATSCHT IN DIE HÄNDE)
Gut gesprochen!
Meine Herren, mir bleibt nur zu sagen: Die Aktion beginnt!
Wir schlagen hier das Hauptquartier auf. Schon in wenigen Stunden
ziehen wir von hier los! Ich bitte Sie noch um Geduld, solange ich
die letzten Vorkehrungen in die Wege leite. Das Bier geht heute auf
Kosten der Partei!

DIE MENGE JUBELT. DER GERÄUSCHPEGEL STEIGT AN.

HITLER (ZU LUDENDORFF)
Ich übertrage Ihnen die Verantwortung für das Bürgerbräu! Röhm
wartet in der Schönfeldstraße auf unsere aktuellen Pläne. Ich bin
vor Mitternacht zurück!
Und behalten Sie mir Kahr im Auge!

LUDENDORFF
Ich habe die Situation voll im Griff!

HITLER EILIG MIT GÖRING, PÖHNER UND WEBER AB.

ESSER (ZU KAHR, LOSSOW, SEISSER)
Wollen Sie im Nebenraum Platz nehmen, solange die Vorkehrungen
getroffen werden?

KAHR
Warum nicht!

Keiner verlässt den Saal ohne meine Erlaubnis!

Szene 9: In der Schönfeldstraße

ERNST RÖHM KOMMT MIT SEINEM BUND REICHSKRIEGSFLAGGE AM
WEHRKREISKOMMANDO VII AN. SCHEUBNER-RICHTER BEGLEITET DIE TRUPPE.
GENERAL VON LOSSOW ERSCHEINT SPÄTER WIE EIN GEIST NEBENAN IN DER
TELEGRAFENSTELLE, WO ER ENTGEGEN DER VORIGEN ANSAGE REGIERUNGSTREUE
TRUPPEN NACH MÜNCHEN BEORDERT.

RÖHM
Guten Tag!
Ich habe den Auftrag, eine Ehrenwache für Generäle Ludendorff
und von Lossow bereitzustellen.

WACHE
Guten Tag, Hauptmann Ernst Röhm!
Wir sind darüber informiert, dass heute einiges hier in Bewegung
kommt. Haben Sie ein Papier, das den Befehl bestätigt?

RÖHM (ZEIGT EIN DOKUMENT VOR)
Hiermit ist unsere Sache beglaubigt!

WACHE
Treten Sie ein!

RÖHM
Mannschaft, fortwärts!

SIE TRETEN EIN, ENTWAFFNEN UND FESSELN DIE WACHE.

RÖHM
Das war einfach!

Jetzt warten wir auf Nachricht von Hitler.

Bis der Trommler aufschlägt, muss ich unsere Rasselbande in
Position bringen. Ich werde vorübergehend das Kommando
übernehmen. Am besten räumen wir sofort das hiesige
Reservewaffenlager. Wir dürfen keine Zeit verlieren!
(ZU SEINEN MÄNNERN) Mannschaft, in zehner Gruppen wird das
Gebäude durchstreift! Besetzt alle neuralgischen Stellen! Jeder
Soldat wird eingegliedert oder entwaffnet! Wer sich widersetzt,
wird festgenommen! Dies ist eine Anordnung im Namen der neuen
Verhältnisse! Die deutsche Revolution steht unmittelbar bevor!
Und los! Worauf wartet ihr noch?!

BIS AUF SIEBEN TRETEN DIE MÄNNER AB.

RÖHM (ZU EINIGEN MÄNNERN)
Ihr fünf bleibt hier und bewacht den Haupteingang! (GRUPPE AB)

SCHEUBNER-RICHTER
Ich kann noch kaum glauben, dass wir heute nun Geschichte
schreiben sollen...

RÖHM
Du wirst dich dran gewöhnen!
Bleib du hier und nimm die anderen in Empfang! Ich werde derweil
das Waffenlager besuchen und sehen, was aus dem Bestand zu
machen ist.

SCHEUBNER-RICHTER
Ich warte sphingengleich am Eingang.

RÖHM
Ihr zwei Arbeitslosen, folgt mir!

RÖHM UND DIE ZWEI MÄNNER AB. AUFTRITT WEBER.

WEBER
Wo ist Röhm?

SCHEUBNER-RICHTER
Er ist soeben fort. Er sieht sich die Bestände an.

WEBER
Einwandfrei!
Kahr, Seißer und Lossow sind im Bürgerbräukeller unter
Ludendorffs Aufsicht. Sie haben der Sache ihr Wort gegeben.
Knillling und das Kabinett werden zu Julius Friedrich Lehmann in
die Villa gebracht. Ich würde behaupten: Die Katze ist im Sack!

SCHEUBNER-RICHTER
Dann ist der Plan bisher problemlos aufgegangen.

AUFTRITT GÖRING.

GÖRING
Guten Tag!
Hitler und Pöhner noch nicht da?
Ich habe die Herren wohl überholt!

SCHEUBNER-RICHTER
Göring, unser Überflieger.

GÖRING
Das Kabinett ist jedenfalls versorgt.

Unter uns — ich kann Ihnen versichern, dass Wutzlhofer und
Schweyer bei dieser Gelegenheit nicht gerade mit flauschigen
Glacéhandschuhen in die Mangel genommen wurden...

SCHEUBNER-RICHTER
Tatsache? Welch erquickliche Nachrichten!

WEBER
Das Blatt hat sich gewendet. Jetzt lesen wir die Rückseite der
Geschichte. Mit diesem Tag geht ein Kapitel zu Ende, das jeden
stolzen Soldaten mit Scham erfüllt hat. Ich sage immer: Kratz einen
Deutschen und du entdeckst unter Oberfläche ein wildes Tier. Doch
demütige denselben noch nach seiner Niederlage und du weckst
ein Ungeheuer!
Die Verbände haben vielen entlassenen Soldaten eine neue Heimat
gegeben. Moralisch verwildert und sozial entwurzelt, haben sie
keinen anderen Zweck als die Armee — das Kämpfen ist ihr
Lebenssinn. Und heute können sie beweisen, ob sie es noch
können!

AUFTRITT HITLER UND PÖHNER.

PÖHNER
Alle schon da? — Das ist die deutsche Pünktlichkeit!

HITLER
Kommen wir direkt zur Sache!

WEBER
Röhm sieht sich das Waffenlager an. Scheubner-Richter ist über
alles Neue informiert.

HITLER

Gut. Die Regierung ist jetzt praktisch abgesetzt.
Der einzige hochrangige Minister, der uns durchgegangen ist, ist
Kultusminister Franz Matt. Er war nicht wie der Rest im Bürgerbräu.
Doch er ist keine wirkliche Gefahr. Er soll sich mehr für Religion und
Bildung als für die harte Realität interessieren.
Kahr, Seißer und Lossow dagegen haben sich öffentlich zu unserem
Kurs bekannt. Sie stehen uns nicht mehr im Weg, sondern werden
den Lauf der Dinge mittragen, sofern wir sie im Auge behalten.
Nichtsdestoweniger liegt es heute an uns allein unseren Vorteil
auszuspielen.

PÖHNER

Alle Weichen sind gestellt. Die politische Lage ist zu unseren
Gunsten gedreht. Der Weg nach Berlin ist geebnet.

HITLER

Zunächst brauchen wir mehr Waffen. Dann kann unser Marsch in
vollem Zug beginnen!

WEBER

Die geheime Feldzeugmeisterei hält genug Arsenal für tausend
Mann. Ich habe dort einige meiner Leute positioniert. Doch fehlt
uns der Schlüssel…

HITLER

Lossow wird uns die Tore öffnen. Es genügt ein Telefonat. Wir
brauchen nur Wagen für den Abtransport. Verteilt wird dann von
hier!
Die Feindestruppen müssen abziehen! Wenn der Staat es nicht
durchzusetzen vermag, dann ist er heute abgeschafft!
Ich habe meine Lektion im Krieg gelernt: Im Angesicht des Todes
sind wir alle gleich. Nur in der Verbrüderung können wir ins Reich

der Ewigkeit eintreten. Nur in der Verbrüderung sind wir die Stärke selbst! Nur als *ein* Volk haben wir auch die Sicherheit zu überdauern und die Macht dem Schicksal zu begegnen.

SCHEUBNER-RICHTER
Wohl wahr! Schutz nach außen ist die oberste Legitimität eines Staats. Seit meiner Zeit in der Türkei ist mir dies schmerzlichst bewusst. Dort habe ich den grausamen Genozid an den Armeniern bezeugt. Die Ottomanen plünderten ganze Dörfer, luden Frauen und Kinder in Wagen zur Umsiedelung. Hunger, Krankheit und Massaker so weit das Auge blicken konnte. Ihre Leiber lagen entlang der Straße ausgestreut, verbrannt und abgeschlachtet mit den Bajonetten wie durchseuchtes Vieh...

PÖHNER
Gruselgeschichten am Vorabend unserer Aktion — möge die ehrbare Gesinnung unser Schutzschild sein!

SCHEUBNER-RICHTER
Keiner hat heute vor zu sterben. Mein Beispiel diente nur zu der Erinnerung, warum wir diesen Staatsstreich wagen: Zum Schutz unserer Gesellschaft!

HITLER
Die glorreichen Toten sind eine Masse von Lebendigen. Erkenne, wofür sie gestorben sind und sie werden dir im entscheidenden Moment der Schlacht zuhilfe eilen. Wir haben nichts zu befürchten, denn wir alle glauben an die gerechte Revolution. Wir werden die Macht mit unserer Hand ergreifen wie der begabte Reiter die Zügel und alle unter einem Himmel vereinen. Versammeln wir uns unter dem Sonnenrad, unserer Fahne des Sieges, dem wahren Symbol des Triumphs über den Tod — unser ewig rotierendes Kreuz der Anti-Verzweiflung, der mannhaften Vereinigung, gegen das das

christliche Kreuz eine erbärmliche Verstümmelung darstellt. Erwehren wir uns der Feinde und bringen sie zu Fall!

GÖRING

Lasst Gerechtigkeit widerfahren, selbst wenn die Welt dabei draufgeht!

WEBER

Dies ist die spirituelle und moralische Erneuerung, die alle Kämpfenden bitter nötig haben.

PÖHNER

Es ist längst an der Zeit, dass die ewig Verurteilten selber zu Anklägern werden!

SCHEUBNER-RICHTER

Wie lautet der weitere Plan?

HITLER

Der Plan lautet, wie folgt: Dr. Weber, bringen Sie sich mit Ihrem Bund Oberland in der Maximilianstraße in Position und lösen Sie dort die diensttuende Polizei ab und beschlagnahmen Sie ihre Waffen!

WEBER

Ich werde die Straßen für uns frei halten!

HITLER

Hermann, nimm deine Miliz und nimm dir das Büro der Münchener Post vor! Sie sollen morgen keine Chance haben, ihre Lügenversion der heutigen Ereignisse unter das Volk zu bringen und uns den Wind zu stehlen. Danach kehre ins Bürgerbräu zurück, von wo aus wir das weitere Vorgehen bestimmen.

GÖRING
Mit meinen starken Jungs — nichts leichter als das!

HITLER
Pöhner, gehen Sie ins Polizeipräsidium, machen Sie sich dort mit
der Lage vertraut und warten Sie dort auf weitere Befehle.

PÖHNER
Ich werde mich dort positionieren wie ein Löwe in seinem Revier!

HITLER
Was mich betrifft, ich werde aus dem Bürgerbräu agieren, unserer
zeitweiligen Zentrale.
Dort beauftrage ich Esser mit Verbreitungen der Progaganda
außerhalb von München. Aus Ingolstadt und Bamberg sollen sie zu
uns strömen und von dort sollen die übrigen Verbände ihre Waffen
bringen. Am frühen Morgen fahren wir mit dem Zug dann endlich
nach Berlin!
Warten Sie auf Ihren Positionen auf weitere Anweisungen!

RÖHM ERSCHEINT.

RÖHM (MIT ÜBERSCHWÄNGLICHEN GESTEN)
Seid gegrüßt, die Herren!
Ah, da ist er ja, der Trommler! Haben Sie sich das militärisch
überlegt, Hitler?
Das Waffenlager hier ist kaum bestückt und ohne Lossow kommen
wir da nicht ran. Die Feldzeugmeisterei steht mir nicht mehr offen,
wie Sie wissen. Ich werde drei Wagen zu den Zeugämtern in
München schicken. Aber ich brauche sofortige Befehlsautorität!

HITLER
Ich kümmere mich um Lossow.

Die Ortsgruppen in Ingolstadt und Bamberg sollen ebenfalls die
Zeugämter belasten. Lossow wird sich dann aus der Kaserne des
Infanterie-Regiments 19 melden, wohin er seine Befehlsstelle
verlegt hat. Das Waffenproblem bekommen wir dann schnellstens
gelöst.
Die anderen wissen, was sie zu tun haben!

RÖHM
Gut. Ich halte hier die Stellung.

PÖHNER
Auf gutes Gelingen!

GÖRING, WEBER
Heil gerechter Marsch!

HITLER, SCHEUBNER-RICHTER
Die Maschine donnert.

GÖRING, WEBER, HITLER, SCHEUBNER-RICHTER & PÖHNER AB.

RÖHM (ALLEINE)
Dann beginnt es nun!
Blut will ich sehen, dicker Klebstoff echter Liebe! Unmengen
rotglastiges süßes Blut!
Nur in der Armee gibt es die Liebe bis zum Tod. Das fade Wasser
sollen die einsamen Vampire schlucken. Endlich ziehen wir echten
Männer wieder in den Rausch der Schlacht!
Denn zuerst kommt die Gerechtigkeit, dann kommt vielleicht
Barmherzigkeit und Gnade, weibische Gebrechen.
Macht ist nichts für schwache Nerven!

AB.

Szene 10: Das Abendessen

Kardinal Michael von Faulhaber und Kultusminister Franz Matt.

FAULHABER
Willkommen in meinem Hause, mein Freund!

MATT
Es ist mir wie immer eine besondere Freude und Ehre!

FAULHABER
Darf ich dir etwas vom Grauburgunder einschenken?

MATT
Nur einen kleinen Schluck bitte!

FAULHABER
Wie steht es mit der Familie? Sind alle wohlauf?

MATT
Wir können uns nicht beklagen. Mein Neffe hat gerade sein
Jurastudium in Heidelberg begonnen. Angesichts der Zeit können
wir von Glück sagen, dass wir mit Gottes Segen begnadet sind.

FAULHABER
Das hört man gern. Deine Familie ist eine der wenigen, die sich
noch wahrhaft gottesfürchtig nennen darf.

MATT
Wenn das mal stimmt! Ich mache mir große Sorgen. Das soziale
Gefüge zerbricht. Niemals zuvor wurde der Glaube der Menschen
derart erschüttert. Die Lust am Materiellen verdrängt den
aufrichtigen christlichen Geist. Machst du dir keine Sorgen?

FAULHABER

Die Kirche war immer vom Schwund ihrer Herde betroffen. Solange
aber die Möglichkeit der Rückkehr bestand, hat die Christenheit
nichts zu befürchten. Jesus empfängt mit offenen Armen und so
steht der Schoß der Kirche allen Heimkehrenden immer offen.

MATT

Glaubst du wirklich, dass die Kirche noch Zukunft hat? Die
Christenheit ist tief gespalten. Ein langer Zwist hat sie in
Splittergruppen aufgeteilt, die auf manchen Ebenen nicht nur nicht
miteinander kooperieren, sondern direkte Konkurrenten sind. Die
Vorherrschaft des Katholizismus ist gebrochen, seine Macht dahin.
Die Luft ist voll von politischen Eiferern und
Verschwörungstheoriker verkünden wahnsinnige Ideen...

FAULHABER

Die Welt ist eine wandelbare. Schon immer drehte sich der
Menschen Sinn von einem Horizont zum nächsten, stets im Irrlicht
weltlicher Verlockungen von Ruhm und Geld. Er folgte stets dem
unmittelbaren Schein der Wirklichkeit und ließ jede brauchbare
Erklärung dafür gelten. Der verbreitete Nihilismus unserer Zeit ist
nichts als der Ausdruck von verhärtetem Stolz. Nur wenige
vermögen dahinter das größere Bild zu erkennen.

MATT

Aber das größere Bild ist es ja gerade, welches zu zerbröckeln
beginnt. Für viele Menschen genügen die Antworten der Kirche
nicht mehr. Die Predigt von der Demut, von Verzicht und Armut
erscheint vielen als Heuchelei und Eigennutz — unbeeindruckt vom
Leid der Welt, das danach schreit aufgehoben zu werden. Der
Fortschrittsgedanke der Aufklärung und die wissenschaftlichen
Erkenntnisse des neuen Jahrhunderts haben eine neue Realität
geschaffen. Die Suche nach Gott verkommt zum Eskapismus.

FAULHABER
Vielerorts hat sich unser Verständnis der Wirklichkeit verändert, das
ist richtig. Aber die Grundfesten bleiben dieselben. Die katholische
Kirche ist für die Ewigkeit gebaut und nichts kann ihren Platz
einnehmen.

MATT
Rom wurde auch für die Ewigkeit gebaut...

FAULHABER
und steht noch heute!

MATT
Das ist wahr. Aber lass es mich anders formulieren: Das
Christentum hatte einen Anfang. Was einen Anfang hat, hat
vielleicht auch ein Ende. Die Kirche ist eine weltliche Institution und
weltliche Institutionen sind weltlichen Veränderungen unterworfen.
Muss sich nicht auch die Kirche einmal ändern?

FAULHABER
Ich schätze deine Gewissenhaftigkeit und gebe dir recht: Die Kirche
erlebt ihre eigene Transformation. Aber hier sprechen wir über
andere Zeiträume. Deswegen existiert die Kirche stets neben der
weltlichen Macht in einiger Trennung...

MATT
Ein Verdienst der Aufklärung. Hast du keine Zweifel, dass einmal
der Einfluss der Kirche völlig versiegt? Dass der Sozialismus an
seine Stelle tritt?

FAULHABER
Du weißt, mein Bekenntnis war stets unerschütterlich. Solange die
Kirche vom Geiste Christi getragen wird, wird sie bestehen. Ich

habe keinen Hehl daraus gemacht, dass ich die Weimarer Republik
für einen Fehler halte. Doch die Kirche muss sich zuförderst um die
spirituellen Belange kümmern und darf sich nicht zu sehr in die
politischen Tageskämpfe verstricken. Die Politik überlassen wir den
Politikern (ohne dabei natürlich unsere eigenen Interessen aus den
Augen zu verlieren). Zum Glück gibt es noch Männer wie dich, Franz
— die im Zweifel stark sind. Auf dich setze ich in den Verhandlungen
zum bevorstehenden Staatskirchenvertrag.

MATT
Ich hoffe, dass wir damit dem bayerischen Volk eine eigene Stellung
geben können. Es sind große Kräfte am Werk, gegen die wir uns
verteidigen müssen. Es war mir schon immer eine brennende
Angelegenheit des Herzens, die christliche Lehre in Bildung und
Kultur im Staate Bayern tief zu verankern. Denn ohne diese
unbedingten Werte sehe ich keine Zukunft für unsere Gesellschaft.
Aber der dunkle Zeitgeist zersetzt das Wenige, was wir an
menschlichen Idealen noch gegen den Terror aufbringen können,
um eine friedlichere Welt zu schaffen. Ich fürchte, der Glaube allein
reicht nicht aus.

FAULHABER
Es mag sogar scheinen, dass er es niemals getan hat.

EIN BOTE ERSCHEINT.

BOTE
Ich habe dringende Nachricht für Herrn stellvertretenden
Ministerpräsidenten Matt.

MATT
Sprechen Sie frei.

BOTE
Die Versammlung im Bürgerbräukeller unter der Schirmherrschaft
von Ministerpräsident von Knilling wurde soeben von Anhängern
der NSDAP gestürmt. Die anwesenden Minister sind entführt und
festgesetzt worden. Flugblätter, die zum Sturz der Regierung
aufrufen, werden verteilt. Die versammelten Verbände und
Vereinigungen unter General Ludendorff und Adolf Hitler bereiten
einen Putsch vor. Auch einzelne Regierungsgebäude sind durch die
Putschisten besetzt.

MATT
Guter Gott!

FAULHABER
Ist Kahr daran beteiligt?

BOTE
Das Triumvirat hat sich zu der Aktion bekannt und seine
Unterstützung für Ludendorff und Hitler zugesagt.

FAULHABER
Das ist dunkel.
(ZU MATT) Du musst München sofort verlassen!

MATT
Ich kann nicht glauben, dass Kahr aus freien Stücken handelt. Es
könnte ebenso gut ein inszenierter Komplott sein. Ich werde mich
umgehend nach Regensburg absetzen. Die legitime
Regierungsgewalt muss gesichert bleiben!
Außerdem werde ich noch hier einen Aufruf an die Bevölkerung
verfassen, der sich gegen den Preußen Ludendorff richtet. (ZIEHT
EINEN STIFT HERVOR UND BEGINNT AUF EINE SERVIETTE ZU SCHREIBEN)

FAULHABER

Herrje, die Ereignisse überstürzen sich! Ich bezweifle selbst, dass
der devote Kahr den Wahnsinn mitträgt. Er glaubt nicht an die
Rassenlehre und den anderen Blödsinn dieser Radikalen.
Aber sicher ist sicher! Nimm gleich ein paar Beamte mit — ein
Rumpfkabinett kann die wichtigsten Geschäfte wenigstens ein paar
Tage am Laufen halten. Berlin muss sofort informiert werden.
Sämtliche Mittel müssen sofort eingefroren werden…

MATT (ZUM BOTEN)

Diesen übergebe an meine Dienststelle im Ministerium! (ÜBERGIBT
IHM DIE SERVIETTE)

BOTE

Ich tue meinen Dienst! (BOTE AB.)

MATT

Ich muss gleich los!
Ich danke dir für deinen Rat und deine Freundschaft. Es tut mir leid,
dass unser Gespräch so schnell endet.

FAULHABER

Gott sei mit dir!
Vollbringe dein gutes Werk!

MATT EILIG AB. FAULHABER FALTET DIE HÄNDE IM GEBET. NACH KURZER ZEIT
STEHT ER AUF UND TRITT AB.

Szene 11: Die Schwäche

HITLER
Wo sind Kahr, Lossow und Seißer?

LUDENDORFF
Ich habe sie gehen lassen.

HITLER
Sie haben sie gehen lassen?

LUDENDORFF
Sie haben mir ihr Ehrenwort gegeben.

HITLER
Sind Sie noch bei Sinnen?!
Ich habe das Triumvirat in Ihre Hand gegeben, damit wir sie
beobachten können! Jetzt laufen diese einflussreichen
Befehlshaber unkontrolliert herum, sind frei unsere Pläne zu
durchkreuzen!

LUDENDORFF
Wieso sollten sie das tun? Sie haben noch vor gar nicht langer Zeit
hier geschworen, unserer Sache zu dienen. Sie verlangten ihre
Freiheit, um die notwendigen Vorbereitungen für unsere Aktion
treffen zu können...

HITLER
Wissen Sie, wo sie sind?

Auf ihren Kommandostellen nehme ich an...

Sie Dilettant!
Alles muss man selber machen!
Der Mensch ändert die Meinung mit dem Strom und schwimmt, wo immer auch die Masse sich am wohlsten fühlt. Und wenn die nahe Ahnung von Gefahr ihn packt, wird er zum kopflosen Instinkt. Ihm gilt das eigene Gekreuch als Weg der Schicksalsflucht und dann feigen Erhebung. Panik schießt ihn aus der Bahn und alles, was ihn treibt, ist Überleben. Darum traue keinem Mensch in Zeiten der Gefahr!
Sie sind ein Mann der alten Garde und vertrauen noch auf Ehrenwort und Würde — diese Werte sind abgeriebene Schelmereien, taugen nur als Lesestoff für Kinder und für Greise!
Die alte Zeit ist leider um, versenkt im anonymen Leichengraben vor den donnernden Maschinensalven! Es ist die kontrollierte Schau der Überlegenheit, die heute zählt! Gewalt der Überzeugung, nicht Nachsicht für Unentschlossene!
Doch was nützt's! Ich kann Ihnen nichts mehr beibringen. Eine peinliche Schande ist Ihre Nachlässigkeit für Sie und uns! Besonders Kahr wird uns sehr bald Probleme machen. Er hat nur einen schwachen Willen zu Befehl und glaubt sich dabei einen sicheren Helden. Seine Ehre sieht er schon gekränkt, weil ich die Zügel mutiger gegen die Zielgerade führe und ihn ausgestochen hatte. Solch einem feigen Widersacher gilt jedes Wort als List!

Soeben erreicht uns die Nachricht, dass sich Kultusminister Franz Matt nach Regensburg abgesetzt hat. Von dort hat er mit drei

anderen Ministern den Fortbestand der bayerischen Regierung
proklamiert.

Hitler
Der Hund ist los!

Esser
Das lässt sich durchaus behaupten. Inzwischen strömen Anhänger
und Neugierige aus anderen Städten in Bayern und aus Jena herbei.
Die Leute fragen, was geschieht...

Ludendorff
Die Stimmung ist erwartungsschwanger.

Hitler
Tumult und Donner!
Wir geben uns noch der Lächerlichkeit preis! Lächerlichkeit ist
tödlich!

Esser
Regensburg steht fest hinter uns. Dort werden die flüchtigen
Minister eine Enttäuschung erleben!

Hitler
Wir müssen diese Pseudoregierung ausschalten. Wenn Kahr davon
nur Wind kriegt, wird er umfallen wie ein angestubster Sack
Kartoffeln...

Ludendorff
Wir haben das Volk auf unsrer Seite! Noch ist nichts verloren!
Um das Blatt noch einmal zu wenden und unseren tatsächlichen
Vorteil auszuspielen, schlage ich vor, dass wir am Vormittag einen
Demonstrationszug in die Mitte Münchens führen. Sie und ich

gehen voran! Wir sammeln auf dem Weg immer mehr Menschen ein
und trumpfen mit der unübersehbaren Masse auf, die uns aus dem
Umland zufließt. Röhms Kampftrupp und Pöhners Intrigen setzen
wir, wie bereits unterwegs, geschickt für die strategischen Gebäude
ein. Wir sind immer noch im Vorsprung. Bis morgen haben wir
Lossow und Seißer ausfindig gemacht!

HITLER
Die NSDAP war von Beginn an eine offen agierende Massenpartei.
Die Verbände haben nie einen Hehl daraus gemacht, was sie wollen.
—Wenn wir wirklich eine große Masse mitreißen können, könnte
dieser Putsch vielleicht noch gelingen…

LUDENDORFF
Es ist sogar von Vorteil, wenn wir den Demonstrationszug
möglichst ohne Gewalt machen. Die friedlichere Miene nimmt die
Herzen ein.

ESSER
Ich kann die Presse die ganze Nacht betätigen, die Maschine der
Propaganda nicht still stehen lassen. Leider bin ich, wie Sie doch
wissen, seit geraumer Zeit an einem üblen Magenleiden erkrankt
und werde beim besten Willen nicht an einem Marsch, ob friedlich
oder nicht, teilnehmen können. Mein Einsatz ist besser bei den
Drucksachen verwendet.

HITLER
Gut. Ihre Idee gefällt mir!
Heizen Sie die Meute auf, Esser! Trommeln Sie wie ein Maniker und
lassen Sie die Propagandamühle nicht stillstehen! Morgen ziehen
wir mit der Masse ins Zentrum!
Wir müssen inzwischen Lossow finden. Wo hält er sich nur
versteckt?

LUDENDORFF
Er meinte, er will in die Schönfeldstraße.

HITLER
Dort war er nicht. Ich komme ja von da.
Er hat dich angeflunkert...

LUDENDORFF
Auf mich wirkte er ernst.

HITLER
Die Welt ist ein Zirkus!
Es nützt nichts, Proteste in die Welt hinauszuschreien, ohne die
Möglichkeit zu haben, ihnen mit Machtmitteln Nachdruck zu
verleihen!
Ich werde noch wahnsinnig! Das Ziel schien zum Greifen nah...
Wissen Sie was? —Sie bleiben hier! Hier können Sie nichts mehr
falsch machen.
Ich werde Pöhner informieren. Er muss sich mit Seißer befassen.
Dann suche ich Lossow.
Wir müssen noch komplett ohne Gewehre laufen! Was eine
Revolution!

LUDENDORFF
Ich werde mich nach Kahr umhören.

HITLER
Tun Sie das, wenn Sie es nicht lassen können!
(ER GIBT ESSER EIN ZEICHEN.)

HITLER MIT ESSER ZÜGIG AB.

LUDENDORFF SCHREITET EINE WEILE AUF UND AB, DANN TRITT ER AB.

Szene 12: Der Verrat

KAHR IN SEINEM BÜRO. EIN BOTE TRITT AUF.

BOTE
(ZU SICH) Meine Tätigkeit ist eine undankbare, denn meine Ankunft
wird stets von Argwohn begleitet. Wenn ich schlechte Neuigkeiten
bringe, blicke ich in finstere Gesichter. Ich kenne die feinen
Modulationen, die das Leid dort spielt.
Wenn ich gute Neuigkeiten bringe, werde ich hingegen so schnell
stehen gelassen, dass ich der verpassten Freude wegen an deren
Richtigkeit zu zweifeln beginne. Wie man's nimmt, ich bleibe wohl
ein Kind der Sorge.
(ZU KAHR) Ich muss leider berichten, dass die Redaktion der
Münchener Post verwüstet worden ist. Protestler und die teils
bewaffnete Sturmabteilung der Nationalsozialisten sind dafür
verantwortlich. Die Straßen werden unruhiger. Es häufen sich
rassistische Ausschreitungen und Geiselnahmen.

KAHR
Die Stadt im Meer des Aufruhrs verschlungen! Die blanke
Gesetzlosigkeit zeigt ihre wilde Fratze! Schöne Ordnung, Sicherheit
der Bürger — alles, wofür ich gestanden habe, blitzartig dahin!
So träumte mir der kühne Wandel gewiss nicht, den ich für die
Gesellschaft vor mir sah...

BOTE
Ich soll Ihnen außerdem mitteilen, dass Reichspräsident Ebert
aufgrund der jüngsten Entwicklungen die vollziehende Gewalt von
Reichswehrminister Geßler auf den Chef der Heeresleitung General
von Seeckt übertragen hat.

KAHR
Bedeutet das nun Gutes oder Schlechtes?

BOTE
Ich bringe nur die Neuigkeiten. Die Interpretation überlasse ich den
Experten.

KAHR
Verflixte Lage! Gibt es denn auf dieser Welt keine einzige
Gewissheit?
Ich befürchte, dass von Seeckt jetzt die volle Kontrolle über das
Militär erlangt. Es scheint, als sei der zivile nun durch einen
militärischen Ausnahmezustand ersetzt worden. Berlin ist in jedem
Fall in Kenntnis gesetzt! Ein Aufstand kann jetzt nur schön
gefährlich werden.
Haben Sie noch etwas? (DER BOTE SCHÜTTELT DEN KOPF)
Sie können abtreten! Ich muss nachdenken!

BOTE AB.

KAHR
Verflixte Lage! Von Lossow habe ich seit unserer Trennung nichts
gehört. Die Militärbasis ist längst besetzt. Es ist sogar
wahrscheinlich, dass er nicht mehr im Besitz seiner originellen
Kräfte ist. Auf ihn kann ich also nicht setzen. Vielleicht erreiche ich
an seiner statt Seißer. Ich muss wissen, was hier vor sich geht. Ich
kann es mir nicht leisten, auf der falschen Seite zu stehen!

KAHR BENUTZT EIN KERZENSTÄNDERTELEFON MIT NUMMERNSCHALTER.

KAHR
Hallo, hier Kahr. Geben Sie mir Seißer!
Dann hurtig! Sagen Sie, es drängt! (ES ENTSTEHT EINE PAUSE.)

Seißer? Sind Sie wohlauf?

Hören Sie — soeben habe ich erfahren, dass man bereits Wind vom Putschwillen bekommen hat. Ich habe das mulmige Gefühl, Berlin ist vorbereitet! Seeckt hält alle Steuer in seiner eisernen Faust, während barbarischer Kravall hier auf die Straßen flutet. Das kann nur bedeuten, dass die Reise schon zu Ende geht. Wir sollten uns nicht trügen lassen: Es ist zu befürchten, der Fantast Hitler markiert! Noch im Bürgerbräu schien alles anders…

Haben Sie Kontakt zu Lossow? — auch nicht. Seine Einschätzung fehlt uns hier! Er ist Experte in Sachen Reichswehr. Ich traue den Entwicklungen nicht!

Wie ist die Lage im Präsidium? — Pöhner und Sicherheitsdienstleiter Frick ziehen Strippen. Verstehe. Wenigstens bewahren Sie den kühlen Kopf… Und sonst?

Franz Matt in Regensburg? — das ist mir neu!

Ein Aufruf an die Bevölkerung gegen den Putsch? — verstehe! Sie haben ihn also nicht mehr erwischt. Warum erfahre ich erst jetzt davon?!!

Seißer, ich befürchte, der Groschen ist gefallen! Diese Tatsache muss um so mehr bedeuten, dass wir jetzt alles daran setzen müssen, diesen Putsch zu unterdrücken! Dieser Tanz ist schneller ausgetanzt als die Musik begonnen hat! Matt ist nicht zu unterschätzen.

Mein Blut kreist auf in Wallungen von Frost und Hitze. Die Ambition, das herrliche Wort hat uns verführt. Jetzt sind wir eingezwängt in trügerische Fronten! Wenn wir jetzt nicht handeln, gehen wir mit dieser Meute unter, für die wir unsere Namen blind und feig verkauften…

Seißer, ich bin ehrlich: Jetzt habe ich es mit der Angst zu tun! Wenn ans Licht kommt, dass wir in die illegalen Pläne verstrickt sind, ist es aus mit der politischen Karriere! Unseren Personen wird man von allen Seiten die Schuld zuschieben. Wir müssen rasch und auch entschlossen das Ruder herumdrehen! Nehmen Sie

unverzüglich diesen Oberamtmann Wilhelm Frick, der sich als
Maulwurf entpuppt hat, und Pöhner in Gewahrsam! Organisieren
Sie Ihre Polizei! Es zieht ein Sturm herauf!
Seißer, wir müssen unsere Teilnahme an diesem verrückten
Unternehmen ein für alle mal beenden und sofort zurückziehen,
bevor es zu spät ist. Der Himmel stürzt über uns ein!
Niemals hätten wir es so weit kommen lassen dürfen! Niemals
hätten wir uns in die Fänge dieses Wahnsinnigen geben dürfen, der
uns zusehens ins infernale Chaos zieht! Niemals sollten reife
Männer sich auf einen Pakt mit einem dieser blassen, jungen Genies
einlassen, die in Dachkämmern mit verschränkten Armen sitzen
und Gedanken brüten. Es sind kriminelle Träumer! Beten wir
reuevoll, Seißer!
Was ist zu tun? — Ich werde mit dem Rundfunk sprechen. Die
Bevölkerung muss wissen, dass sich hier illegale Machenschaften
und Lügen ausbreiten. Stellen wir uns als Erpresste hin! Hitler soll
hier zahlen!
Seißer, kümmern Sie sich derweil um die Polizei! Beten wir, dass
Lossow uns nicht in den Rücken fällt. Nur gemeinsam können wir
dem Wahnsinn noch Einhalt gebieten. Sie hören bald von mir!
Ende.

KAHR
Ja, Generalstaatskommissar Kahr hier.
Ich möchte eine Ansprache im Rundfunk senden lassen.
Ich widerrufe mit sofortiger Wirkung meine Zusage zur
Putschaktion von Ludendorff und Hitler. Lossow, Seißer und ich
sind erpresst worden! Die mit vorgehaltener Pistole abgepressten
Erklärungen im Bürgerbräu erkläre ich hiermit für null und nichtig.
Die Partei der NSDAP sowie die Bünde Oberland und
Reichskriegsflagge bestimme ich außerdem für aufgelöst.

Akt 3

Szene 13: Aufbruch in die Stadt

Freitagmorgen. Protestler, Anhänger der Bewegung und andere Durchnächtigte mit Flaggen, Schriftzügen und grellen Plakaten. Ludendorff und Hitler mit Göring, Scheubner-Richter und von der Pfordten. Männer der Sturmabteilung, Bewaffnete.

Menge
Hurra! Hurra!
Die Nationalregierung ist jetzt da!
Weißer Morgen! Lasst die Fahnen prangen!
Alle Deutschen singen!

Ludendorff (tritt nach vorne)
Vereinte Patrioten, wackere Streiter für das Vaterland!
Es ist so weit! Wir marschieren ab, verlassen den Bürgerbräu Richtung Zentrum!
Hitler und ich gehen voran! Alle sollen uns sehen und vor unserer Entschlossenheit erzittern!
Diese Stadt wird heute noch eine andere sein! Heute schreiben wir Geschichte!
Lasst uns das Schicksal unserer Sippe endlich wieder in die eigene Hand nehmen! Werfen wir das Joch des Elends fort! Lange haben wir auf diesen Moment gewartet! Heute wird er Wirklichkeit!
Wer sich uns bis zu dieser Stunde nicht anschließen konnte, bleibt zurück, während wir als Helden bald siegreich wiederkehren!
Und nun — voran! Jetzt machen wir die Welt!
Ihr Streiter für die Zukunft, voller Stolz voran!

Ludendorff übernimmt das Kommando und schreitet voran. Zu seiner Rechten geht Göring, zu seiner Linken Hitler. Scheubner-Richter und

MENGE
Hurra! Hurra!
Die Nationalregierung ist jetzt da!

POLIZIST
Halt! Im Namen des Gesetzes!

LUDENDORFF
Das Gesetz ist aufgehoben! Eine neue Macht gebietet hier!
(ZUR MENGE) Entwaffnet sie!

HITLER
Schließt Euch uns an! Jeder Mann wird in der neuen Ordnung
seinen Platz bekommen!

VON DER PFORDTEN (WENDET SICH AN HITLER UND LUDENDORFF)
Neuigkeiten dringen an mein Ohr — es heißt, nördlich von hier hat
sich Röhm mit vierhundert Mann von seinem Bund
Reichskriegsflagge im Wehrkreiskommando verschanzt.
Es wird erzählt, dass mit Panzerwagen verstärkte Verbände der
Reichswehr und der Landespolizei gegen das Wehrkreiskommando
vorgerückt sind. Bei einem Schusswechsel seien zwei Soldaten

verwundet und zwei von unseren Leuten getötet worden.
Vermittler hätten Röhm zur Kapitulation zu bringen versucht, doch
er habe einen Waffenstillstand für zwei Stunden ausgehandelt.

LUDENDORFF
Damit ist schließlich klar, dass auch Lossow unserer Bewegung den
Rücken zugekehrt hat.

HITLER
Noch ein feiger Verräter mehr, den die Welt nicht lang vermissen
wird, sobald unser System errichtet ist!

SCHEUBNER-RICHTER
Immerhin hält Röhm noch stand!

HITLER
Daran bestand auch niemals ein Zweifel! Die Männer hier sind
tapfer bis aufs Blut!
Unsere Bewegung ist erstarkt! Die Masse der Marschierenden wird
die Waagschale bald schon kippen und die Reichswehr schließlich
auf die Seite der Nation ziehen. Es ist die unbeugsame Hoffnung,
die in unsern Adern fließt! Der Sonnentag wird kommen, da wir alle
Fesseln abgeworfen haben und das Volk in Freiheit lebt.
Dafür gehen wir voran!

MENGE
Hurra! Hurra!
Die Nationalregierung ist jetzt da!
Weißer Morgen! Lasst die Fahnen prangen!
Alle Deutschen singen!

DIE MENGE MARSCHIERT.

Szene 14: Die Lizenzerteilung

GODIN
Ich muss Sie leider festnehmen, Herr Pöhner!

PÖHNER
Wagen Sie es gegen Ihren ehemaligen Vorgesetzten so frech zu
sein, Godin?!
Was verschafft mir die Ehre, wenn Sie erlauben?

GODIN
Es besteht der dringende Verdacht der Sabotage der Polizei sowie
der Kollaboration mit den staatsgefährdenden Putschisten. Zur
Sicherheit der Bürger und des Staats muss ich Sie verhaften!

PÖHNER
So? Und vom wem kommt der Befehl?

GODIN
Von Seißer.

PÖHNER
Seißer? Er hat sich dem gerechten Putsch längst angeschlossen!
Sie begleiten mich jetzt augenblicklich ins Büro von Oberamtmann
Frick! Das Missverständnis lässt sich rasch aufklären.

GODIN
Frick ist bereits dingfest gemacht.
Ich fürchte, das Spiel ist aus! Strecken Sie die Hände nach vorne!

Sie vergehen sich an einem Wehrlosen und Unschuldigen, der nur
seine Pflicht fürs Vaterland tut. Sie machen einen dummen Fehler.
Das wird Sie noch teuer zu stehen kommen!

AUGENBLICKLICHER AUFTRITT ZWEIER POLIZISTEN. SIE NEHMEN PÖHNER FEST.

PÖHNER
Halt! Ich werde Sie alle suspendieren lassen!
Nehmen Sie Ihre schwitzigen Finger weg!

POLIZISTEN MIT PÖHNER AB. DANN AUFTRITT SEISSER.

GODIN
Sie haben soeben Pöhners unrühmlichen Abtritt verpasst…

SEISSER
Besser so, die Abrechnung kommt nach dem Geschäft.
Godin, ich danke Ihnen für die Wiederherstellung der Ordnung in
dieser Direktion! Die Maulwürfe sind ausgezogen!
Doch lange sind wir noch nicht am Ziel! Wir haben die Kontrolle
über die Polizei wieder erlangt, doch der Putsch ist jetzt auf voller
Höhe. Das Reichswehrkommando ist besetzt, der Nachschub bleibt
noch aus. Zahlreiche Gebäude werden von Freikämpfern belagert
und ein bewaffneter Demonstrationszug marschiert Richtung
Zentrum, angeführt von Ludendorff und Hitler.
Wir müssen diesen Karnevalszug unbedingt stoppen und
zerschlagen!
Godin, ich übertrage Ihnen hiermit die Aufgabe, das Heraustreten
der Hitlertruppen auf den Odeonsplatz mit allen Machtmitteln zu
stoppen. Wählen Sie sich dazu eine starke Truppe! Achten Sie
jedoch darauf, dass Sie die üblichen Sympathisanten am
Schreibtisch lassen. Mit aller Kraft müssen wir uns jetzt gegen diese

Revoluzzer und Krawallmacher in Stellung bringen. Ich erteile Ihnen hiermit außerdem die Lizenz von Ihren Schußwaffen Gebrauch zu machen.

GODIN
Ist der Befehl zu schießen abgesichert?

SEISSER
Der Schießbefehl kommt direkt von Franz Matt aus Regensburg. Die Lizenz zum Töten ist für den Fall einer gewaltsamen Weiterung des Putsches allen regierungstreuen Einheiten der Polizei gegeben und gesichert.

GODIN
Jetzt wird die Sache ernst. Ludendorff ist General. Ich bin nicht sicher, ob ich meine Männer überzeugen kann zu schießen. Er ist ein Held des Krieges...

SEISSER
Ein Held, der uns verraten hat! Ein Preuße, den sie in Berlin nicht wünschen. Er hat sich nach Bayern abgesetzt, um hier zu stänkern! Bedenken Sie, dass die Rebellen auch bewaffnet sind!

GODIN
Es wird die heikelste Begegnung meiner ganzen Laufbahn, so viel steht fest.

SEISSER
Uns bleibt keine Zeit!

GODIN
Gut. Ich werde sofort ausrücken! (AB.)

Ich hoffe, wir sehen uns wieder!
Ich möchte nicht in seiner Haut stecken...
Aber dann ist meine eigne auch nicht mehr so bequem, wie sie mal
war...

Ab.

Szene 15: Der Marsch auf die Feldherrnhalle

GODIN
Bringt die Dicke Bertha in die Mitte!
Wir dürfen diesem Revolutionistenpack nicht die geringste Chance
lassen!
Spart nirgendwo an Stacheldraht!
Wir werden unsere Stadt verteidigen und vor der Plünderei
bewahren, koste es, was es wolle!
Die Scharen sind vergiftet von der Affenpropaganda eines
Nichtsnutzes: Sie wollen nichts als die Zerstörung. Aber wir haben
einen Eid geschworen, die unschuldigen Bürger zu beschützen.
Männer, habt keine Angst! Wir werden der Brandung widerstehen!

POLIZIST
Wir haben nun die Hauptstraße blockiert!
Wir sind bereit. Doch ist uns etwas mulmig zumute...

GODIN
Wir haben die stärkeren Waffen. Seid zuversichtlich!
Die ganze Sache wird weniger als eine Minute dauern.

POLIZIST
Mag sein, aber Sie wissen doch um die heikle Stimmung im
Präsidium. Viele unserer Kollegen hatten insgeheim gehofft, den Zug
begleiten und ihre nationalen Gefühle aufleben lassen zu können. In
diesen Zeiten ist die Sehnsucht nach Gemeinschaft groß. Die
Männer fürchten sich, einen schweren Fehler zu begehen. Wir sind

nicht frei von jeder Form der Faszination oder des Mitgefühls.

Godin

Die Kraft des Gifts ist bereits in unsere Venen gedrungen...
Ich weiß, dass Euch die Kollegen teuer sind! Aber ich weiß auch um
die Gefahr, der wir begegnen müssen! Bedenkt, die Radikalen
werden nicht mit einer Wimper zucken und auf Euch schießen! Aus
ihren Mündern tönt es mit Engelszungen, als ob die gute Nachricht
zu verkünden sei. Als ob ein neues Zeitalter begonnen habe! Lasst
Euch nicht blenden!
Es sind Verzweifelte, die ihren Fanatismus auf die Straße lassen.
Hinter der grellen Maske schläft die Anarchie, der Fremdenhass, die
Lust nach Macht und Demütigung aller Schwachen.
Haltet Stand, ihr Männer der Gerechtigkeit! Streift ab die schwere
Hypnose der Propaganda!
Wir stehen zusammen für unsere Stadt, für unseren Staat!
Wenn wir die Demokratie jetzt nicht verteidigen, dann werden wir
bald nur noch die verteidigen, die die größten Verbrecher sind!
In Zeiten der Not müssen wir zusammenstehen und auch gegen uns
selbst standhaft bleiben! Volksverhetzer missbrauchen unsere
Verletzlichkeit für ihren Ruhm. Sie reden wie ein Messias, doch sind
sie der Antichrist. Lasst Euch nicht täuschen!
Wenn jetzt die Brandung kommt, lasst sie an Eurer Rüstung wie
kleine Wassertropfen zerschellen!
Habt keine Angst, denn das Ende ist nicht nah!
Wir werden auch morgen noch hier sein und man wird uns am
heutigen Tag messen. Waren wir standhaft im Angesicht des
Bösen? Oder haben wir uns selbst im Stich gelassen?
Wir sind gerufen, die Stadt zu schützen. Und das werden wir tun,
gemäß unserer Pflicht! Bedenkt: Die lechzende Meute wird keine
Gnade kennen. Lasst Euch nicht narren!
Seid zuversichtlich! Der Frieden winkt schon — wir werden die
Tyrannei abwenden!

Ludendorff
Wir sind gewiefter, als die Polizei erlaubt!

Hitler
Wir haben uns jetzt fast ins Zentrum vorgeschafft. Wir brauchen nicht einmal den Segen der Autorität. Es ist die Masse ganz allein, die sich in die Mitte marschiert. Der Volkswille allein gebietet hier. Die Reinheit seiner Stimme wird endlich gehört.

von der Pfordten
Es schließen sich immer mehr Menschen dem Zug an!

Scheubner-Richter
Ich kann kaum glauben, dass wir es so weit gebracht haben. Wenn wir nicht sterben, werden wir heute zu Helden.

Göring (in Sicht Polizeiblockade)
Seht her, das letzte Gefecht steht bevor!

Der Zug steuert nun direkt auf Godin und seine Männer zu. Einige Meter von der Barrikade entfernt hält der Zug an. Die Menge hört auf zu singen, hält sich aber mit spontanen Äusserungen nicht zurück. Teilweise werden aggressive Parolen skandiert. Ludendorff versucht die Menge durch Ansagen zu zügeln.

Godin
Halt! Hier ist der Zug zu Ende!
Gehen Sie nach hause! Die Demonstration ist aufgelöst!

Dieser Aufmarsch ist illegal!
Sie stellen eine Gefahr für die Ordnung in Stadt und Staat sowie für
das Leben der friedlichen Bürger dar. Ihre Bewegung zielt auf einen
Staatsstreich. Ich muss Sie daher auffordern, sich aufzulösen! Jede
weitere Versammlung ist verboten!
Sollten Sie nicht zurücktreten oder uns feindselig gegenübertreten,
werden wir Gebrauch von Gewalt machen!

Hitler
Ist das eine Drohung?!

Godin
Es ist eine Warnung.

Hitler (er zeigt auf Ludendorff)
Das ist Ludendorff. Wollt Ihr auf Euren General schießen?

Godin
Wir werden Gesetz und Ordnung mit allen Mitteln gegen
selbsternannte Aufrührer und Rebellen verteidigen! — ungeachtet
ihrer Herkunft oder irgendwelcher Glanzabzeichen auf der Brust.
Worauf es ankommt, ist das Hier-und-Jetzt. Dieser Aufmarsch ist
schlicht und ergreifend eine Bedrohung der Staatssicherheit. Ich
fordere Sie daher auf: Lösen Sie sich auf!

Hitler
Wir kommen in ehrbarer Absicht.
Die Menschen ersticken in Not! Ihr Leben ist nichts mehr wert!
Dieser Staat ist eine unrechtmäßige Bananenrepublik, die sich von
internationalen Mächten herumschubsen lässt! Der mündige
Bürger hat das Recht, für sein Leben einzustehen und ein
Mindestmaß an Lebensqualität für sich in Anspruch zu nehmen.
Wie der Bauer Verfaultes auf den Kompost wirft, so wirft der

Mündige ein korruptes System über den Haufen, das den Menschen
als Bürde ohne Entlastung auferlegt ist! Auf Kosten der einfachen
Leute werden rauschende Feste gefeiert und die Politik bleibt auf
morgen verschoben! Schluss damit!

Godin
Ich muss Sie auffordern, Ihre demagogischen Reden sofort
einzustellen! Sie setzen den Leuten einen beißenden Floh ins Ohr!
Es liegt nicht an Ihnen zu entscheiden, wie Politik zu machen ist.
Diese Entscheidung trifft das Volk an der Urne und nicht auf dem
Markplatz, wo es dem, der gerade am lautesten schreit, verfällt.
Zeigen Sie sich als anständige Bürger und treten Sie zurück!

Hitler
Das also ist Demokratie?
Man soll schweigen und die Meinung vieler wird als verdrehte
Verschwörung hingestellt!
Sehen Sie all die Menschen hinter mir?
Ich stehe hier wegen Ihnen! Ich stehe hier vorne, um für
Gerechtigkeit zu kämpfen! Ich stehe hier, um die Fehler der
Republik zu beheben! Sie muss abgeschafft werden! Sie wissen es
doch selbst, das System ist korrupt.
Ihre Männer wissen es auch!

Godin
Genug! Sie verhetzen die Leute!
Ich wiederhole mich: Diese Versammlung ist mit sofortiger Wirkung
aufgelöst!
Von Kahr, Franz Matt und Herr von Seißer haben diesen
niederträchtigen Putschversuch verdammt und seinen
erpresserischen und gewaltsamen Ursprung offen gelegt.
Gestern Nacht widerriefen sie jede Teilnahme an diesem
unheilsamen Unterfangen!

Ihr Handeln ist illegal! Sie machen sich zu Verbrechern!
Die Polizei wird jeden Versuch, diesen Zug fortzusetzen, stoppen!
Ich wiederhole mich nur ungern, aber wir werden Gebrauch von
äußerster Gewalt machen, sofern Sie unseren Anweisungen nicht
Folge leisten!

MENGE
Pfui!
Rasiert ihm die Glatze!
Ja, zeigt ihm ein paar Möbel aus der Nähe!

LUDENDORFF
Ruhig! Ruhig!

HITLER
Die Verbrecher sitzen in Berlin!
Und dorthin werden wir marschieren!
Schließen Sie sich uns an! Legen Sie die Waffen nieder und stehen
Sie für eine gerechte Sache ein!
In schweren Stunden müssen radikale Wege zum Ziel führen! Wer
auf der Strecke bleibt, ist verloren. Die Zukunft lärmt und schreit
nach einer andern Welt!
Und sie wird kommen!
Und wird dauern!

GODIN
Genug! Genug!
Sie verkehren die Wahrheit zur Lüge und die Lüge zum Wahnsinn!
Ihre Reden sind Gaunerei und Augenwischerei!
Kehren Sie um, bevor es zu spät ist!

HITLER
Sie stehen selbst auf der verkehrten Seite!

Verstecken sich hinter schlappem Stacheldraht und lausigen
Zäunen!
Mit Ihnen ist die müde Rede vom Nicht-Fertig-Werden-Mit, weil Sie
selber nicht fertig werden mit unsrer Bewegung, die Geschichte
schreiben will. Doch das Noch-Nicht unseres Begehrs wird sich
verwandeln in den Sieg des Gleich-So-Weit!
Lassen wir die Propaganda durch die entschlossene Tat nun
sprechen!
Es wird entsorgt, was Abfall ist — der sorgenlosen Zukunft zum
ehrenvollen Dienst! Begreifen Sie endlich! Und schließen Sie sich
an! Entsorgen Sie die Zukunft von Ihrem zwecklosen Widerstand!

GODIN
Satan, Sie verwechseln Starr- mit Eigensinn. Und Ihrer scheint
unwandelbar!
Das allerschlimmste Verbrechen ist die rücksichtslose Verletzung
jener Ordnung, in der wir zusammen leben.
Hören Sie! Ich warne Sie nochmals! Wir werden schießen, wenn Sie
sich auch nur einen Schritt nähern! Wenn Sie Vernunft nicht
besitzen, müssen Sie durch den eisernen Arm des Gesetzes lernen.
Wir werden Ihnen Ihre eigene böse Feigheit beweisen!
Wenn Sie sich nicht selbst auflösen, werden wir nachhelfen!

HITLER
Respektloser Hüter der Misstände!
(ZUR EIGNEN SCHAR) Habt Ihr das gehört?
Nur einen Dreck ist ihnen unser Leben wert!
Das werden wir uns nicht länger gefallen lassen!

DIE MENGE RUFT LAUT UND UNVERSTÄNDLICH DURCHEINANDER UND WIRD
ZUNEHMEND UNRUHIG.

LUDENDORFF
Eine Verklemmung. Ein Patt.

SCHEUBNER-RICHTER
Wir werden nicht nachgeben! Auch nicht im Angesicht der
Todesdrohung! So nah waren wir noch nie der Zeitenwende, der
Veränderung zum neuen Guten. Eine Transformation dieser
Gesellschaft steht bevor!

VON DER PFORDTEN (LAUT HERVORTRETEND, EIN KONVOLUT IN DER FAUST
SCHWENKEND)
Meine Verfassung ist die einzig wahre dieses Volks! Ein Schriftstück,
das nur aus sich selbst geboren ist und in dem destiliert in reinster
Form die Seele dieses Landes schlummert. Nur der Volkswille allein
hat Macht über Gesetz und Ordnung, ist Gesetz sich selber. In den
Weg sich ihm zu stellen heißt gesetzesbrüchig sein!

HITLER
Da hören wir es laut!

GODIN (SCHREIT ÜBER DEN LÄRM DER MASSEN)
Ruhe! Ordnung!
Welche Anmaßung! Ihr seid nicht das Volk! Das Volk sind auch die
Bürger, die zuhause warten, bis sie wieder auf die Straßen können,
bis Halunken und soziales Gewürm verschwunden sind.
Gehen Sie nach hause! Der Zirkus ist vorbei!

HITLER
Der selbsternannte Lehrer macht uns lächerlich! Gewürm sind wir
für ihn!
Sehen wir den Tatsachen ins Auge! Mannschaft, jetzt
ausgeschritten!

DIE PUTSCHISTEN BEWEGEN SICH LANGSAM AUF DIE POLIZISTEN ZU. SPANNUNG UND NERVOSITÄT STEIGEN MIT JEDEM SCHRITT EXPONENZIELL. "DIE WACHT AM RHEIN" WIRD INKANTIERT. PLÖTZLICH LÖST SICH EIN SCHUSS VON EINER FEUERWAFFE AUS DEN REIHEN DER POLIZISTEN. DIESER WIRD NACH EINER FAST UNMERKLICHEN SCHOCKVERZÖGERUNG VON DEN PUTSCHISTEN ERWIDERT. ZEITGLEICH BRICHT EINE SALVE AUS DEN REIHEN DER POLIZEI LOS, WÄHREND DIE ERSTE REIHE DER PUTSCHISTEN ZU BODEN STÜRZT. IM DARAUFFOLGENDEN KURZEN, ABER ERBARMUNGSLOSEN GEFECHT FALLEN VIELE MENSCHEN ÜBEREINANDER — AUS PANIK, KALKÜL ODER ALS LEICHE ODER VERWUNDETER. VIELE PUTSCHISTEN FLIEHEN. DER EINGEHAKTE HITLER WIRD ZU BODEN GERISSEN, ALS LUDENDORFF SICH BLITZARTIG NACH UNTEN FALLEN LÄSST. GÖRING WIRD IN DEN SCHENKEL UND IN DIE LENDE GETROFFEN. DAS FEUER DER POLIZISTEN TÖTET VON SCHEUBNER-RICHTER UND VON DER PFORDTEN. ES STERBEN INSGESAMT VIER POLIZISTEN, DREIZEHN PUTSCHISTEN SOWIE EIN SCHAULUSTIGER. DER SCHUSSWECHSEL UND TUMULT DAUERT WENIGER ALS DREI MINUTEN.

Szene 16: Die Meute ist aufgelöst

RAUCH. GERÜMPEL. LEICHEN. DIE MENGE HAT SICH AUFGELÖST. NUR EINIGE
SCHAULUSTIGE STEHEN NOCH ABSEITS. TEILWEISE HELFEN SIE DEN
VERWUNDETEN, DIE SICH AUF DEM BODEN WÄLZEN, TEILWEISE SEHEN SIE NUR ZU
— IM SCHOCK ODER AUS VOYEURISMUS. ES HERRSCHT EIN UNÜBERBLICKBARES
DURCHEINANDER. DIE POLIZEI UNTER GODIN BEGINNT DIE SITUATION ZU
ORDNEN.

GODIN
Versorgt die Verwundeten!
Bestellt Kranken- und Leichenwägen!
Der Spuk ist vorbei!
Was wie ein Riese aus der Ferne wirkte, war aus der Nähe besehen
ein rechter Troll.
Wir betrauern nun die menschlichen Verluste. —
Unnötig zum Opfer gebracht! Umsonst zu gesichtslosen Märtyrern
erniedrigt. Für ein Begehren, das die fragile Ordnung frühzeitig
zerschlagen und den Menschen keine Erleichterung, sondern nur
größeres Elend gegeben hätte. Noch einmal mehr schlug sich das
Glück auf unsere Seite...
(ES ENTSTEHT EINE KURZE PAUSE.)
Wenn nach dem ablassenden Tumult der Trümmerarbeit und dem
Seßhaftwerden des zuerst aufgewirbelten Staubes, die Trauer uns
schließlich überwältigt, vielleicht können wir uns dann daran
erinnern, dass wir durch diesen persönlichen Schmerz den Frieden
noch einmal gerettet haben.
Vielleicht erinnern wir, dass wir selbst unser Pfund Fleisch beitragen
müssen, um eine Welt zu schaffen, die den Frieden als höchstes Gut
ansieht. Vielleicht erkennen wir auch in dieser Stunde der Not, dass
eine Gesellschaft, die weniger in Krieg und Hass verstrickt ist, auch
für uns persönlich eine bessere ist. Aber die Bürde der Demut zu
tragen ist alles andere als leicht. Und so verzeihen wir unseren

Widersachern, selbst wenn sie nur aus Neid und Missgunst handeln. Das Gebot der Feindesliebe ist wahrlich nur im festen Glauben an das ewige Leben möglich. Auch ich war mir bis zuletzt nicht sicher, ob wir die Gefahr abwenden würden. Doch meine Angst hielt ich zurück — um unser aller Willen. Nun steht es in meiner Verantwortung, dass die Aufrührer der Autorität übergeben werden. Das Gericht wird jüngst entscheiden, ob es irgendeine Ehre in ihren Taten gab oder ob es doch nichts als Verbrecher waren.
(ZU EINEM POLIZISTEN IN DER NÄHE) Bringt mir die Anführer! Verhaftet sie! (AB.)

ES FÄHRT EIN SANITÄTSAUTO VOR. DER FAHRER STEIGT AUS UND SIEHT EIN KIND NAHE AM FEUER ENTLANG KRABBELN. ER WENDET SICH DIESEM SOFORT ZU UND SCHNAPPT ES VON DER GEFAHR WEG. WÄHRENDDESSEN KRIECHT HITLER UNTER DEN LEICHEN VON SCHEUBNER-RICHTER UND VON DER PFORDTEN HERVOR. WALTER SCHULTZE STEHT IN DER NÄHE, SIE WITTERN IHRE CHANCE, GEBEN SICH EIN ZEICHEN UND STEIGEN INS AUTO. SIE FAHREN HASTIG DAVON. EIN POLIZIST ERGREIFT WEBER, DER SICH GERADE DAVONSTEHLEN WILL. WÄHRENDDESSEN SCHLEICHT SICH LUDENDORFF UNBEMERKT DAVON.

POLIZIST
Hier geblieben! Sie sind festgenommen!

WEBER
Verdammt! Der ganze Auftritt für den Eimer!

POLIZIST
So sieht's aus! Du kommst jetzt brav mit aufs Revier: Dort gibt es erst mal eine kalte Dusche und dann sehen wir, ob's die Lichter in der Stube wieder angeknipst hat.
Vorwärts!

WÄHREND WEITERE SANITÄTER ANKOMMEN UND DIE VERWUNDETEN AUF

Ein anderer Polizist
Na, wen haben wir denn da?!

Göring
Lassen Sie mich zufrieden!
Ich sterbe!

Ein anderer Polizist
Nicht doch! Es wartet ein Prozess auf Sie!

Göring
Ich brauche keinen Prozess, Sie Idiot!
Das sind Schmerzen, die Sie nicht begreifen können!
Wo ist Ihre Menschlichkeit?! Oder Ihr Auge?!!

Ein anderer Polizist
Ich hole sogleich einen Sanitäter!
(tut dies)

Sanitäter
Der Mann ist schwer verletzt. Wir müssen ihn umgehend ins
Krankenhaus bringen.

Sie legen den wehrlosen und schwer aufstöhnenden Göring auf eine
Bahre und tragen ihn ab. Dann löst sich Martha Müller aus dem Pulk
der Zusehenden und entdeckt die schmutzig gewordene Notverfassung
unweit der Leiche des Juristen von der Pfordten.

Martha Müller
Ich bin so erleichtert, dass es vorbei ist!
Wohin das Auge sieht — brutale Bestien ohne Nachsehen. Um ein

Haar wären sie mit schierer Kraft in unsere Häuser eingedrungen.
Diese Grenzenlosigkeit muss Schranken kennen, sonst wird sie
Tyrannei und Wahn...
Was ist das? Ist das nicht die Verfassung dieses Radikalen?
Tatsächlich!
"Notwendige Verfassung zur Selbstbestimmung des Deutschen
Volkes"
"Artikel 1 § 1 Dem Deutschen Volk ist eine unantastbare Würde
zuteil, die zu bewirken Verpflichtung aller staatlichen Macht ist. Die
Macht geht vom Willen des Volkes aus und findet hierin seinen
unbedingten Grund..."
(Sie liest lautlos weiter.)
Was muss ich lesen! Welch widerliche Phrasen! Brauner Pestatem!
Ich verstehe zwar nicht viel davon. Aber solch ein Folterinstrument
der Macht darf niemandem in die Hände gelangen, ob bei Verstand
oder nicht!
Ich werde es zuhause verbrennen!

Da taucht Hans Wüst neben ihr auf. Sie steckt hastig das Dokument
weg.

Hans Wüst
Martha!
Ist dir etwas passiert?

Martha Müller
Zum Glück nicht.
Lass uns gehen! Ich ertrage den Anblick nicht länger!

Sie verlassen den Ort.

Szene 17: Eine unscheinbare Miene

LUDENDORFF
Es muss hier irgendwo sein!
Ich bin ja nicht blöd! Es kann nicht weit... Verhext!
Sie greifen schon nach meinen Fersen!

ER FINDET ENDLICH EIN SCHRIFTSTÜCK UND ZERREISST ES. ER STECKT DIE FETZEN IN SEINEN MUND UND SCHLUCKT. IM SELBEN MOMENT TRITT EIN TRUPP DER POLIZEI AUF. SIE FESSELN LUDENDORFF UND SETZEN IHN AUF EINEN STUHL. DANN TRITT GODIN AUF.

GODIN
Der Turm, der der Welt trotzt — Guten Tag, General Ludendorff!
Sie haben sich kein besonders günstiges Versteck gesucht, nicht wahr?

LUDENDORFF
Ich habe nichts zu verbergen!

GODIN
Ist das so?
Wollen Sie mir erklären, was Sie heute Mittag in der ersten Reihe des Rebellenmarsches getan haben? Dachten Sie vielleicht, es handelte sich um einen Karnevalszug?
(ZU SEINEN MÄNNERN) Durchsucht die Büros und beschlagnahmt alles Beweismaterial!

LUDENDORFF
Ich hatte keine Ahnung, was sich da abspielt. Im Bürgerbräu

erklärte das Triumvirat seine Beteiligung und Unterstützung der
Bewegung — Schwur und Hand aufs Herz. Kaum draußen
widerriefen sie und die Rumpfregierung in Regensburg machte
mich zum bösen Sündenbock. Dabei wurde ich erst kurzfristig
informiert und glaubte mich auf der Seite der Rechtschaffenheit.
Wenn das nicht ein Karneval ist!

GODIN
Da haben wir das Lamm, das unverhofft zum Bock gemacht wurde!
Es ist längst kein Geheimnis mehr, dass Sie hier oft ein und aus
gegangen sind.
Doch diese Schäferstündchen sind nun vorbei! Es wurde ein
sofortiger Publikationsstopp Ihres Populistenblatts verhängt und
ein Verbot der NSDAP ausgesprochen. Ihre Freunde Röhm und
Weber sitzen schon in Untersuchungshaft.
Ihre Aktion ist gescheitert! Es abzustreiten nützt Ihnen jetzt nichts
mehr!
Und was die angebliche Beteiligung von Kahr, Lossow und Seißer
betrifft, so wurden sie erpresst!

LUDENDORFF
Ich war nie Mitglied der Partei. Aus Idealen, für das Wohl des Volks
assoziierte ich mich mit der starken Strömung, die Nation und
Vaterland in eine neue Zukunft führen wollte. Ich wollte die
Missstände im Land helfen zu beheben. Ich führte den Zug von
friedlichen Demonstranten an — als Zivilist, der sich Moral und
Menschenrecht verpflichtet fühlt.
Sie haben ohne Vorwarnung geschossen!

GODIN
Sie weigerten sich, Ihre gefährliche Hetzaktion einzustellen.
Als Kahr seine Beteiligung im Radio widerrief, hätten Sie der Aktion
den Rücken kehren müssen.

Ihr Handeln war illegal, unseres gedeckt und gewollt durch die
Staatsmacht.

LUDENDORFF
Ich wusste nichts davon. Man hat mich hinters Licht gelockt.
Hitler ließ es so aussehen, als wären alle auf derselben Seite.

GODIN
Sie waren im Bürgerbräu im Raum, in dem es geschah, anwesend.
Sie müssen Zeuge der Erpressung gewesen sein.

LUDENDORFF
Ich wurde Zeuge einer Abmachung. Die Sage von der tückischen
Erpressung ist erlogen.
Das können Sie aber ja nicht wissen. Sie führen nur die Befehle
aus...
Ich gebe Ihnen einen kostenlosen Rat: Geben Sie Acht, dass man Sie
nicht auch eines Tages fallen lässt! Ehre und Recht des Landes wie
die Macht wechseln gern unbemerkt die Hände: unversehens steht
man plötzlich auf der falschen Seite...

GODIN
Das Recht liegt auf der Seite dessen, der die Gesetze achtet.
Es mag für Sie schwer zu begreifen sein, aber es ist so einfach.

LUDENDORFF
Das sind die Worte eines Dilettanten.

GODIN
Sie sind in einen Putschversuch impliziert. Und dafür gehen Sie vor
Gericht!
Dort können Sie dann einer größeren Zuhörerschaft Ihre
Geschichte plausibel machen.

LUDENDORFF
Ich habe nicht das geringste Verbrechen begangen. Nicht einmal
eine Waffe habe ich angefasst. Hitler war der einzige, der während
der Ereignisse eine Pistole abgefeuert hat.

GODIN
Sie vergessen die Geschehnisse im Wehrkreiskommando, die
Belagerung durch Röhm.

LUDENDORFF
Da war ich nicht dabei.

GODIN
Wissen Sie, wo Hitler ist?

LUDENDORFF
Er ist Ihnen also durch die fettigen Fittiche geschlüpft...

GODIN
Seien Sie froh, dass Sie unversehrt durchs Gefecht gekommen sind.
Sind Sie sicher, dass Sie uns nicht einen Tipp geben können?
Nach allem, was Sie gesagt haben, bin ich mir sicher, dass Sie auf
der richtigen Seite stehen werden... Und es ist nur eine Frage der
Zeit, bis wir auf seiner Fährte sind.
Hermann Esser ist nach Österreich entkommen, aber wir sind ihm
bereits auf der Spur. Bald haben wir Euch alle! Es kommt keiner
davon.

LUDENDORFF
Was springt für mich dabei heraus?

GODIN
Möglicherweise nichts geringeres als die Freiheit.

LUDENDORFF
Ich lasse durchaus mit mir reden.
Aber ich will Garantien, keine bloßen Versprechungen!

GODIN
Das besprechen wir am besten unter uns auf dem Revier.

GODIN GIBT SEINEN MÄNNERN EIN ZEICHEN UND TRITT AB. DER POLIZEITRUPP
FOLGT MIT LUDENDORFF.

Szene 18: Ein geplatzter Traum

Hitler und Schultze erreichen das Landhaus in Uffingen am Staffelsee, wo die Hanfstaengls residieren. Ernst Hanfstaengl begegnet den beiden in der Empfangshalle.

Ernst Hanfstaengl
Welche Überraschung!
Wolf, du siehst total mitgenommen aus!
Dein Arm ist ausgekugelt!

Hitler
Ich bin am Ende.

Schultze
Aber das haben wir gleich. (Er renkt den steif hängenden Arm unter einem Schrei Hitlers wieder ein)
Kannst du dich wieder bewegen?

Hitler
Es geht schon.

Ernst Hanfstaengl
Wie seid ihr hierher gelangt?
Ich dachte, ihr seid in München beschäftigt?

Schultze
Wir flüchteten mit einem Sanitätsauto.
Der Marsch ging fehl. Die Polizei hat auf uns geschossen.

Ernst Hanfstaengl
Welch eine Schande!
Wolf berichtete mir nur wage davon. Vor wenigen Tagen nur meinte

er, dass er in die höheren politischen Kreise vorgerückt sei.

HITLER
Sprich mich nicht darauf an. Ich brauche jetzt Ruhe!

ERNST HANFSTAENGL
Natürlich, wir haben oben ein Gästezimmer. Helene wird dir einen
Saft bringen.
Ich führe dich gleich hinauf. Lasst euch gesagt sein, dass ihr in
meinem Hause wie immer herzlich willkommen seid! Ich werde
euch von allem anbieten, was mein ist. Fühlt euch ganz zuhause.
Jeder Wunsch sei euch erfüllt.

SCHULTZE
Wir schätzen deine Freundschaft, Ernst!
Ich werde im Wohnzimmer Platz nehmen.

ERNST HANFSTAENGL UND HITLER IN EINE RICHTUNG AB, SCHULTZE IN EINE
ANDERE.
IM GÄSTEZIMMER SETZT SICH HITLER AUFS BETT. ER HOLT EINE PISTOLE HERVOR
UND BLICKT IN IHREN LAUF.

HITLER (ALLEIN)
Der Gesang ist gekrächzt, Adolf. Du hast nach einem Schatten
gegriffen!
Du hast den falschen Pfad gewählt — der zu nichts führte.
Du hast nie am Sieg gezweifelt — das war dein Fehler! Deine
belesene Verschlagenheit nützt dir jetzt auch nichts mehr. Sie
werden kommen und dich holen.
Alles, was auf dich jetzt noch wartet, ist Leere, Zukunftslosigkeit
und das schmutzige Loch, in das sie dich stecken. Von dort kannst
du dann den Mond anheulen!
Nein, diese Schmach erspare ich der Welt.

Es ist ja gar nicht so, dass ich den Mond besitzen wollte, wie andere
Irrsinnige. Ich wollte nur das Mögliche erreichen, das ein Mensch
erreichen kann.
Ich nähere mich der Mitte meines Lebens und habe nichts erreicht!
Der gerade Weg ist versperrt. Ich könnte mich selbst bemitleiden,
wenn ich ein Herz dafür hätte. Der geknickte Adler wird zur
stummen Krähe.
Wozu all die Ziele? Wozu Strategie und Plan?
Wenn Dunkelheit und Irrtum herrschen, ist es Verschwendung der
Mühe, an irgendetwas mit naivem Glauben festzuhalten, selbst
wenn die Zahlen stimmen!
Bin ich lächerlich?
Bin ich ein schlicht bedeutungsloser Mann, der über sich
hinausgreift?
Besser ehrenvoll seinen Frieden machen und die Bühne anderen
Narren überlassen als den Witz so lange übertreiben, bis das Lachen
nicht mehr kommt!
Mein Vater befand mich als dummen, verträumten Knaben, der zu
eng an der Mutter hing. Vielleicht hatte der alte Schläger zuletzt
recht.
Ich hätte es dem Alten nur zu gern gezeigt, aber jetzt habe ich
meinen großen Auftritt verpatzt. Ich habe alle in die Irre geführt,
am meisten mich selbst — mit einer halsbrecherischen Theorie zu
einem neuen Staat und Weltreich.
Jetzt sitzt du hier, du armes Stück! — um die Enttäuschung klüger.
Jetzt bist du wert, dass du zugrunde gehst. Dein Leben hat sich just
als wertlos herausgestellt, ein Greuel vor den Augen aller!
Als junger Mann hast du keine Macht, du musst dir alles gefallen
lassen. Du kommst nicht zum Stoß. Der Wille kommt nicht zum
Zug. All deine Bemühungen, dein ganzes Sinnen zielt auf das
Ergreifen der Macht, damit einmal du ganz oben stehst und auf die
anderen hinabsehen kannst. Aber sie rutscht dir immer wieder aus
den Fingern wie ein schlüpfriges Band. Das Wort aus deinem Mund

bedeutet nichts. Es verliert sich im Wind. Gewalt allein macht den Unterschied in einer starren, regungslosen Welt.
Zieh jetzt den Abzug und spüre deine Macht am eigenen Leib!
Deine treuen Freunde sind tot. Folge ihnen nach Wallhall — oder ins Nichts! Sie haben sich unserer sinnlosen Sache geopfert, sei wenigstens ihnen keine Enttäuschung! Lass dich nicht durch die falschen Schergen foltern, die Jagd auf dich machen! Du bist eine Schande im Gesicht der Welt! Hier hast du nichts mehr zu suchen. Nur schwarzes Leid kann jetzt noch warten. Einzig der Tod bringt für dich noch Erlösung. Das Gedächtnis wird schwinden und schon bald sich keiner mehr an deine Schmach erinnern. Als ein junger Idealist kannst du in die Annalen eingehen — als junger Mann, den die Götter liebten und darum früh zu sich nahmen!
Adolf, das Reich des Nichts wartet auf dich! Umarme es!
Der Gesang ist fertig, Junge. Jetzt drück ab!

HELENE HANFSTAENGL
Nicht doch! Was tust du da?!

HITLER
Wonach sieht es aus? —mich erschießen.

SIE NÄHERT SICH IHM ZÜGIG. ER SENKT DIE WAFFE.

HELENE HANFSTAENGL
Gib das Ding her! (ENTWENDET IHM DIE WAFFE)
Was hast du dir dabei gedacht?

HITLER
Ich bin am Ende. Mein Leben ist aus.

HELENE HANFSTAENGL
Was ist denn passiert?

HITLER
Du weißt es noch nicht, oder?

HELENE HANFSTAENGL
Was soll ich wissen?

HITLER
Der Putsch ist missglückt. Meine Freunde sind tot.

HELENE HANFSTAENGL
Der Putsch?

HITLER
Meine Partei, Ludendorff und ich planten den Sturz der korrupten
Regierung. Wir haben alles offen gelegt. Die Menschen waren auf
der Straße. Jetzt sind meine Freunde Max und Theodor tot, vom
Feuer der Polizei getroffen, blutlose Märtyrer für ein erfolgloses
Unternehmen!

HELENE HANFSTAENGL
Wie schrecklich!

HITLER
Mein Leben hat keinen Wert mehr. Ich habe alle enttäuscht. Ich
werde alt und kann nicht beginnen — dabei hatte ich noch so viel
vor! Mir fehlt der große Ruhm, um meine Ziele zu verwirklichen. Wir
sind auf ganzer Linie gescheitert. Meine Karriere ist soeben zu Ende
gegangen, bevor sie erst richtig begann.

HELENE HANFSTAENGL
Du bist noch am Leben. Lass dich nicht hängen!

HITLER
Sie werden kommen und mich holen.

HELENE HANFSTAENGL
Du kannst dich nach Österreich absetzen und dort erst mal
untertauchen.
Ernst und ich werden dir einen falschen Pass besorgen und sehen,
dass du in sicherer Obhut bist.

HITLER
Ich fürchte, sie werden mich finden, egal wo ich mich verkriechen
könnte. Zu viel liegt ihnen an mir als einem der Drahtzieher der
verfluchten Putschaktion. Sie brauchen einen Schuldigen, dem sie
die Hauptlast aufbinden können.

HELENE HANFSTAENGL
Es nützt doch nichts, wenn du jetzt den Kopf hängen lässt wie eine
ungegossene Blume.
Wir finden schon einen Weg.

HITLER
Wenn ich mich stelle, werden sie mich zur Schau stellen. Vor allen
Leuten werden sie mich als Verbrecher vorführen. Sie werden mich
in ein Loch stecken und dort werde ich ehrlos verenden.

HELENE HANFSTAENGL
Noch haben sie dich nicht. Noch ist nicht alles verloren.
Du trägst jetzt die Gloriole des Opfers. Sieh es als politisches
Geschenk!
Vergiss nicht, dir steht die Verteidigung noch offen. Ein begnadeter

Redner, wie du es bist, wird sich zu verteidigen wissen. Mehr noch:
Du wirst als Sieger hervorgehen! Du kannst dein Schicksal immer
noch zum Guten wenden! Wer weiß? — vielleicht beginnt erst
morgen deine wirkliche Stunde! Vielleicht war alles bisher bloß eine
Prüfung, die dich für den wahren Kampf gewappnet hat.

HITLER
Ich bin Politiker geworden, um Antworten zu finden. Aber es scheint
keine Antworten zu geben, jedenfalls keine einfachen. Das habe ich
nun begriffen.
Ich fürchte mich, Helene. Die Welt ist unergründlich. Aber dass du
mir so zuredest, hilft mir.

HELENE HANFSTAENGL
Lass dich aufmuntern! Heute musst du keine Probleme mehr lösen.
Die Zeit findet immer Rat. Gewiss ist nicht alles Potential verspielt.
Ich bin mir sicher, der Misserfolg wird auch sein Gutes haben. Auch
wenn es mir um deine Freunde sehr leid tut.

HITLER
So viel steht nun fest: ich werde nicht fliehen, sondern bei Euch
bleiben. Nichts ist größer als Freundschaft.

HELENE HANFSTAENGL
Lass uns mit den anderen einen Tee trinken!

Szene 19: Die Verhaftung

ERNST HANFSTAENGL
Wer hat Sie eingelassen?

GODIN
Der Hausdiener. Wir haben einen Haftbefehl gegen einen gewissen
Adolf Hitler.
(ZU HITLER) So sieht man sich wieder! Ich muss sie verhaften, Herr
Hitler.

HITLER
Wie haben Sie mich gefunden?

GODIN
Wir haben einen Tipp bekommen.

HITLER
Wer könnte das wohl sein, der Ihnen diesen heißen Tipp gegeben
hat?
Natürlich werden Sie nichts sagen, korrekt wie Sie sind.
Aber sagen Sie, wen haben Sie sonst noch geschnappt?

GODIN
Ihre ganze Bande, allen voran die Drahtzieher Pöhner, Röhm und
Weber.
Göring fanden wir bei der Festnahme schwer verwundet. Er wurde
daher sofort in ein Krankenhaus verbracht. Nach Hermann Esser
wird gegenwärtig noch gefandet, aber den finden wir bald. Und
jetzt haben wir Sie!

Sie werden sich alle vor Gericht verantworten. Die ersten Schritte
für einen Prozess wurden bereits eingeleitet. Das Triumvirat wird
ebenfalls im Zeugenstand aussagen. Es wird alles ans Licht
kommen!

HITLER (LACHT)
Da bin ich mir sicher.

GODIN
Sie scheinen es kaum erwarten zu können! Das Ergebnis werden Sie
dann jedenfalls selbst in der ersten Reihe mitbekommen.
Den unversehrten Ludendorff haben wir, nebenbei bemerkt,
ebenfalls gefasst. Er befindet sich jedoch bereits wieder auf freiem
Fuß, da auch er sich bereit erklärt hat, vor Gericht auszusagen.

HITLER
Soso, er wird aussagen...
Jetzt beginnt also tatsächlich der legale Kampf, die Mühseligkeit
der verwinkelten Mühlen, der sich langsam drehenden Denkräder
der Jurisprudenz. Und die gelehrten Bürokraten, Meister der
geplanten Erfolglosigkeit, werden die langen Sentenzen der
Gesetzesschriften studieren, um ein vollendetes Ergebnis zu
erreichen. Wer beherrscht die Deutungskunst am vollendetsten?
Wer schwingt den Hammer des letzten Gerichts?

GODIN
Sparen Sie sich Ihre Wortakrobatik. Sie werden Sie noch brauchen.
Und jetzt darf ich Sie bitten, uns zu folgen. Reden können Sie später
noch so viel, bis es uns allen und vielleicht auch Ihnen selbst zum
Hals heraus hängt.

HITLER
Ich komme freiwillig.

Danke, liebe Freunde, für die kurze Gastfreundlichkeit!

Helene Hanfstaengl
Wir werden an dich denken!

Schultze
Ich komme dich besuchen.

Ernst Hanfstaengl
Ich werde dir regelmäßig schreiben.

Hitler
Entschuldigt mich! Wir sehen uns wieder!

Godin (zu Hitler)
Fortwärts! Je schneller wir hier raus sind, desto schneller habe ich
Feierabend.
Ihre Person ist wirklich eine Zumutung!

Hitler wird von der Polizei verhaftet und abgeführt.

FINIS

Nachwort

Was unter der Sonne glänzt, vergeht unter der Sonne. Warum das Alte aufwärmen, wenn es besser vergammelt? Hat es nicht genug angerichtet?

Nun, es wird Zeit den Sargnagel einzuhämmern und die Kiste zuzumachen. Deutschland kann hässlich. Doch der Hass ist ungesund, ist besser begraben. Nur, lebendig Begrabene machen Ärger! Sie brechen unerwartet aus. Deshalb muss unbedingt sichergestellt werden, dass nur die wirklich Toten begraben werden!

Der Phantomschmerz des Nationalismus glaubt eine Gruppe von Menschen über eine andere stellen zu können. Solange die Welt keine friedliche und geheilte ist, in der gerechtes Teilen möglich und gelebt wird, und die Gesellschaften der Erde auf gegenseitiger Ausbeutung fußen, stellt sich immer die Frage, wer oben auf ist. Wer leer auszugehen droht, muss kriegen. Anstatt zu tauschen und zu teilen, wovon genug vorhanden ist, werden die Güter der Erde willkürlich und ohne Sinn für Gerechtigkeit gehortet. Es ist ganz und gar nicht verwunderlich, dass blanke Gewalt darum als legitimes Mittel erscheint. Politische Gruppen diffamieren sich gegenseitig, attackieren einander und bleiben gefangen in einer Spirale aus Misstrauen, Missgunst und letztlich Verachtung, die zu endloser Gewalt führt. „Fressen oder Sterben", lautet die Devise.

Dass in jüngster Zeit Lügen und Putschversuche weltweit überhandnehmen, kann nur bedeuten, dass jedes vermeintliche Gleichgewicht ins Wanken gerät. Die Geschichte ist nicht zum Ende gekommen, sondern sie dreht sich noch. Aus der Geschichte zu lernen bedeutet aber, dass ihr Hergang genaustens unter die Lupe genommen werden muss. Denn das Rätsel ist erst gelöst, wenn es gelöst ist. Es gibt keine Abkürzungen. Um der Wiederholung des Immergleichen im neuen Gewand vorzubeugen, muss die Geschichte von überkommenen Glaubenssätzen befreit werden und einer Zukunft dienen, die allen Menschen gehört.

Der Nationalstaat kann nur in einem Zusammenschluss vieler Völker und Mächte existieren. Er ist nicht allein und niemals eindeutig. Sofern er nicht unbedingtes Weltreich wird — und das ist weder zu wünschen noch wirklich denkbar, wird er immer Nachbarn haben, die es anders machen. Akzeptanz und freundliche Beziehungen können aber nur auf Zufriedenheit beruhen. Nur zufriedene Menschen und zufriedene Gesellschaften können einander wirklich freundlich gegenüber treten. Daher ist Frieden ein gemeinsamer Prozess, der alle Menschen angeht und uns alle betrifft — jenseits von Sprache und Gesinnung.

Die politische Verhärtung unserer Zeit nimmt ihren Antrieb aus der Ungleichheit und Ungerechtigkeit, die manche erhebt und viele herabwürdigt. Für wen ist das große Verspechen von Wohlstand und Freiheit gegeben? Nicht für alle jedenfalls, so scheint es. Die Unsichtbaren bieten die Plattform, auf der die Sichtbaren stehen. Die Vergessenen und Geschundenen können jedoch nicht ewig verschwinden. Sie haben das Potenzial aus der Erinnerung wieder aufzutauchen und den dumpfen Schlaf der scheinheilig Gerechten zu stören. Es sind immer die anderen — Gespenster, die entschuldigen und ins Schweigen zurückgedrängt werden sollen. Gepaart mit existenziellen Krisen aller Art, deren Lösung unabsehbar bleibt, schürt die Ungleichheit und Vernachlässigung der Menschen ihren Hass. Die vermeintliche Ordnung der Welt gleitet ab. Angst regiert, man sucht wieder Schuldige. Ob der sechste Januar 2021 in den Vereinigten Staaten von Amerika, die Ereignisse in Myanmar und in einer Handvoll afrikanischer Staaten in den darauffolgenden Monaten — der Putsch ist heute wieder in

Mode. Nicht zuletzt auch in Deutschland. Es gibt einige, die in der Anwendung von grober Gewalt das einzige Mittel sehen die Gesellschaft zu ihren Gunsten zu verändern. Propaganda und Militär werden zu Fixpunkten. Dem Persönlichkeitskult wird wieder gehuldigt. Viele sind müde vom demokratischen Zanken und wünschen sich Unterdrückung, solange es nicht die eigene ist. Solange die eigene Haut sicher ist, kann man den anderen häuten.

Vielleicht ist der Mensch nicht für den Frieden geschaffen, denn er ist niemals zufrieden. Der Mensch will den Stolz der Macht und des Ruhms, den Stolz der Ewigkeit — im Angesicht des kurzen Glücks, das ihm auf der Erde beschieden ist. Im Angesicht des sicheren Todes gibt es nur die Lust an der Macht. Aber Macht tötet, lässt für sich sterben. Und die Ungleichheit nimmt zu; denn die Macht braucht das Ohnmächtige und Erniedrigte. Politik aber scheint nichts anderes zu sein als die Bestimmung dessen, der zuerst stirbt. Und so spinnt sich der Zirkel der Gewalt fort und entreißt den Menschen das Leben in Frieden.

Kaum jemand scheint aus der Geschichte, geschweige denn aus den politischen Umwälzungen des zwanzigsten Jahrhunderts wirklich gelernt zu haben. Umso mehr ist es unabdingbar, dass die Vergangenheit studiert wird. Erst wenn ihre Absurdität, ihr Schmerz und ihre Falschheit offenbar geworden, erst wenn sie zur Fabel geworden ist, die jenseits der Politik steht, kann sie objektiv betrachtet werden. Bis dahin bleibt sie ein Spiel.

Wird der Tag der Objektivität und Menschlichkeit aber jemals kommen? Oder bleibt auch dies ein Spiel mit Leben und Tod?

Das Spiel mit dem Theater ist amüsant. Es ermöglicht die Konfrontation in Echtzeit. Wir aber müssen uns konfrontieren — auf uneindeutige Art. Denn die Wirklichkeit ist grau. Eine Gesellschaft, die sich mit ihrer dunklen Vergangenheit nicht konfrontiert, muss einen Rückfall fürchten. Das zu verhindern gelingt nur, wenn ihr Dorn abgeschliffen ist. Nur wer die eigene Hässlichkeit im Spiegel wirklich erblickt, ist frei sie zu schminken. Eines Tages wird sie nicht mehr stören. Eines Tages wird sie begraben werden und der letzte Nagel den Sarg abdichten. Bis dahin bleibt uns nichts anderes übrig als uns zu amüsieren...

F. K. Kleistersturm, 2023